スタンダール、ロチ、モーリヤック

――異邦人の諸相

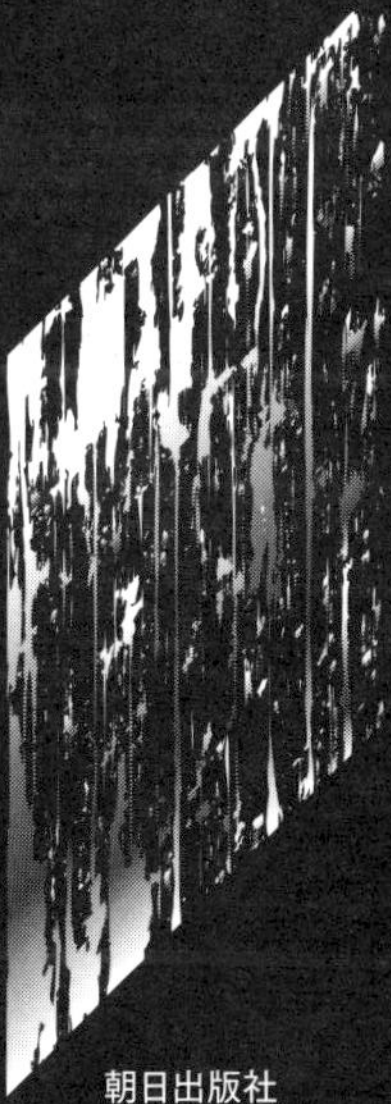

山辺雅彦／酒井三喜／福田耕介
白百合女子大学　フランス語フランス文学科

朝日出版社

はじめに

私たちは「仲良し三人組」よろしく、同じ大学の同じ科に属する同僚として、これまで何回か共同研究を重ねてきた。メンバーは少しずつ変動があり、前回は計4名で、「秩序と冒険」と題して、スタンダール、プルースト、モーリヤック、トゥルニエを論じたが、今回はスタンダール、モーリヤックは同じでも、プルーストがロチに取って代わった。

今回のテーマ「異邦人」と言えば、誰しもカミュを連想するはずであるが、このテーマにはかなりの普遍性がある。最も常識的な異国のなかの外国人の意味のほか、同じ国民のなかでも「よそ者」の意味になりうるし、この違和感が高じて他者との接触を断つ場合もあるかもしれない。さらに自分にとって自分が異質な異邦人として意識される瞬間もありうる。だから誰でもこの「異邦人性」をある程度内面に抱え込むと言えなくもない。作家ならその感覚は人一倍鋭いはずで、表れ方がそれぞれユニークなわけである。

いつものように、本書は白百合女子大学の研究奨励費を得て出版された。ここに記して一同の感謝の念を表明しておきたい。

山辺　雅彦

目次

スタンダール、コスモポリタンの孤独

山辺 雅彦

山辺　雅彦

スタンダールという作家はコスモポリタンとして知られる。当然外国を旅行したり住んだりした経験が豊富ということになる。一七歳のとき、ナポレオン軍の一員として初めてイタリアの地を踏み、郷里グルノーブルともまたパリともおよそ異なる異国の景観や人間に強い印象を受け、たちまちその虜になる。以後、ナポレオンが征服したベルリンに入城し、ブラウンシュヴァイクで主計官補、ウィーンでは逝去したハイドンのためにモーツァルトの『レクィエム』が演奏された際に大聖堂に列席し、モスクワ遠征にも加わって命からがら逃げ帰り、ナポレオン没落後はあこがれの地ミラノに七年間暮らし、イギリスにも何回も訪れ、最後はローマに近いチヴィタ＝ヴェッキアの領事となる。

しかしスタンダールの場合、いわゆる大旅行家や大航海者のように人跡未踏の地に足を踏み入れたり、そこまで行かなくとも非常に異質の文明に強い関心を示すことはない。むしろ逆であって、

正直なところ、私はオーストラリアやセイロン島の住民の考え方やら振る舞い方にはほとんど関心がない。（……）キュヴィエ氏邸で会ったことのあるフランクリン船長の語る実話を読んでも、一五分は楽しめるが、しばらくするとほかのことを考えてしまう。リカラ族というのは私の友人やライヴァルと違いすぎる。（……）人間の心を描

写したものが好みだが、それは私の知る人間であって、リカラ族ではない[1]。

私たちが旅行するのは新奇な風物を見るためなので、チベットの山岳地帯に足を踏み入れたり、南洋の島々に上陸したりする大胆不敵な探検家とは異なる。もっと微妙なニュアンスを求め、より進化した私たちの文明と似た振る舞い方を見たいのだ[2]。

知られているように『恋愛論』で例外的にアラビアの恋を扱った章は、学識豊かなフォーリエルのおかげをこうむっており、彼の関心はヨーロッパ内の風俗・人情の微妙な差異に限られる。ただし、そのほかにも、足を踏み入れたことは一度もないとはいえ、アメリカ合衆国に再三言及したことはよく知られている。ブルボン復古王政、七月王政のフランスとは異なり、合衆国は共和制であり、民主主義の国なのであった。フランスひいてはヨーロッパが民主化すれば、合衆国の体制に行き着くはずなのだった。しかしその偏狭な清教徒主義、ドルの崇拝、画一主義、「世論」の絶対的支配（食料品屋の親父にまで媚を売らねばならない）、それに文化的貧困が甚だしくオペラがない。オクターヴやリュシアンがアメリカ行きの誘惑に駆られても結局実行するに至らないのもむべなるかなである。

ヨーロッパの枠組みに留まるとしても、民族意識が高揚し、国民の観念がもてはやされ、あるいは「愛国心」があおられた時代なのだから、コスモポリタンの「資格」はさまざまな国に暮らしたり、さまざまな人たちと交流し「顔が広い」ことではあるまい。偏狭な愛国心（「控えの間の愛国心」）とは程遠く、広い視野に立って各国民の美点や特徴をきちんと把握できねばなるまい。

若年の頃より仏訳で親しんだシェイクスピアが、一八二二年にイギリスの劇団によって上演された際、「野蛮な」劇作家に対する一般的な蔑視と、自由主義者による反英感情が重なってとてつもない騒ぎになり、結局二回しか上演できなかった事件を目のあたりにすると、このような狂信的排外主義に憤慨して翌年パンフレット『ラシーヌとシェイクスピア』を発表する。すでにミラノ滞在中にロマン派と古典派の激しい論戦に接して、はっきりロマン派の立場に肩入れしており、遅れたパリの現状に我慢がならなかったわけである。

それより先、一八一六年には『エディンバラ・リヴュー』誌の発見がある。公平にして厳密な論説によって多大の成功を収めた雑誌であるが、「読む機会が与えられた日は自分の精神史にとって画期的」[3]であり、自身「これはまったくスタンダールと同質で、機会があればくすねるつもり」[4]とまで述べる。

またやはりミラノ滞在中に音楽先進国イタリアのオペラ、特に新進流行作曲家ロッシーニの作品にある程度接しており、その評判なら厭になるほど聞いていたわけで、必ずしもモーツァルトやチマローザの場合のように手放しで感心してはいなかったが、パリに戻ると冷遇されているのを見て憤慨せざるをえなかった。

その責任はおそらく第一にイタリア座の音楽監督にして作曲家のパエールで、自らの凡庸さを覆い隠すためなのか、作品の一部を削除したり、逆に他の曲を割り込ませたりし、観客たるもの、「原作を損なわずに、せめて一度ぐらいは書かれたままの姿で上演される権利を要求」[5]すべしとスタンダールは主張する。『アルジェのイタリア女』パリ初演（一八一七年）が無残な失敗に終わったのは、みごとな第一幕フィナーレが部分的にカットされたりしたせいであり[6]、舞台装置はお粗末、これでは原作の味わいが壊されてしまう。スタンダールによればパエールの功績は「その才気によって八年間もロッシーニをパリの人たちに隠しおおせた」[7]ことにある。

さらに観客そのものにも大いに責任があり、「フランス人というのは最も気が利いていて、最も愉快な国民だが、今までのところこの世で最も非音楽的な国民」[8]、であって、自分の殻を抜け出そうとせず、過去を引きずった退嬰的な作品にあくびをしながらしがみつく。要するに見栄っ張りなのであり、拍手喝采するのは曲や演奏に感心している自分に対してなのだ。

またスタンダールに言わせれば、「ルーヴォワ座のオーケストラほど音楽に精通し、正確で、自分の義務と信じることに忠実なオーケストラも、おそらくこれまで存在しなかったろう。だが音楽的感性がこれほど欠けたオーケストラもあったためしがない」[9]ということになる。

ドイツについてはおおむね悪口が優先し、遅れた国民、鈍重な精神とけなし、カント、シェリングなどのドイツ哲学を単純極まる内容を難解極まる言語で表現するだけと攻撃はするが、ドイツ人は後進的性格のおかげでかえって近代の悪徳から免れているとみなして、比類のない気立てのよさに魅惑される。ブラウンシュヴァイクで惚れ込んだヴィルヘルミーネ・フォン・グリースハイムなどその典型で、まさに「北国の魂」そのもの、モーツァルト風の優しいメランコリーを体現していた。

しかしドイツはスタンダールが好んで持ち出した北と南の対立でいささか特異な位置を占める。北というのは、フランスならサン＝マロからジュネーヴを結ぶ線より上にあり、教育、健康、工業化の点で南に勝るが、同時に金銭崇拝と慎重な態度で特徴づけられる。南はいうまでもなくイタリアが代表で、情熱と自発性のおかげで幸せに暮らせる国だ。フランスでも例えばトゥールーズはイタリアと顕著な類似があり、「若者は見栄えがしないのではないかと恐れる度合いがロワール川の北より少ない」。付け加えて「南仏なまりが消えると幸福も消えるようだ」[10]。しかしドイツは「北」でもイギリスとは異なり、まだ産業革命や拝金主義に汚染されておらず、カント、シェリングにならって、想像の世界で人生を過ごす。「ベルリンの住人にとってこういう哲学者たちは想像力をかき立ててくれる巧みな音楽家のようなものだ。まさしくそのせいでドイツ人には十年ごとに新しい大哲学者が必要とされる。私たちのほうはロッシーニがチマローザの後を継ぐのを見た」[11]。

狭いヨーロッパ内にせよ、このような各国の比較論を、スタンダールは書物と実際の見聞をもとにして、生涯飽きることなく書き綴った。自国フランスの排外主義・大国主義に腹を据えかね、有名な墓碑銘にあるようにミラノ人と自称してみせた。まだ二〇代のときにも、「イタリアは私にとって祖国であり、イタリアを思い出させるものは何でも心を打つ」[12]と日記に記す。

ミラノからパリに戻った一八二〇年代、スタンダールはさまざまなサロンに出入りし、イタリア通の毒舌家として恐れられ（「太ったメフィストフェレス」）たり呆れられたりしながら、社交人としての生活を大いに楽しんだ。十八番の比較論を盛んにぶったことは想像に難くない。

しかしながら同時に人間嫌いの一面があったことは見逃せない。モリエールの同名の作品がスタンダールの小説に影響を及ぼしたことは諸家が指摘しているとおりである。例えば、『赤と黒』で神学生のジュリアンは孤独を好み、「人に話しかけられたくないと秘かに思っているのが見え透いていて、ずいぶん多くの敵をつくった」[13]し、アルセストと同じように偽善を激しく憎悪する。五四歳のスタンダール自身、次のように述懐する。

私は社会の中では暮らしていない（暮らすにはあまりにも偽善的で不満が多すぎる）。私は社会の周辺で、半ば孤独に暮らす。[14]

チヴィタ＝ヴェッキア領事として半ば島流しのような状態だったからといえなくもないが、『ロッシーニ伝』（二三）は生前出版された彼の著作の中でたぶんもっとも売れた書物であるが、その前年、パリで刊行中の英文雑誌『パリ・マンスリ・リヴュー』に掲載した記事「ロッシーニ」がアルセストが書いたことになっているのを忘れてはなるまい。

以前にも、二七歳の彼は日記に塔を立てる計画を記し、「私の塔」と題した。クロッキーと共に詳細な見積書を書き込み、高さ二〇メートル、階段が一二〇段ある。[15]これは彼にとって一種の強迫観念のようなもので、ファブリスが幽閉される有名なファルネーゼ塔や、ジュリアンの牢獄はもとより、一八二三年に書かれた断片『葡萄園主ジャン＝ルイ』でも、パリの喧騒を逃れて田舎に葡萄園を購入し、四部屋ある塔を立てる。[16]また『薔薇色と緑』の若いモントノット公爵は、父親の元帥がみごとな突撃をかけたハイルスベルクの戦場に高さ二〇〇フィートの塔を立てたいと思う[17]。さらに『ラミエル』のミオサンス公爵夫人はゴシック風の塔を実際に建造することになっている[18]。塔はこれまでさんざん論じられてきた高さのテーマと関連するわけだが、今は彼の孤独癖、人間嫌いの例証としておく。

社交好きとは裏腹の秘密主義もまたスタンダールの大きな特徴で、「辛い体験から私は次の原則に行き着いた。——自分の生活を隠せ——」[19]と日記に記す。この目的が完璧に果たされたことは、メリメの追悼文に示されている。「彼がどんな人と会ったか、どんな本を書いたか、どんな旅行をしたかは誰も知らない」[20]。無数といっていいほどの偽名を用いたのもその作戦の一環であり、自分だけでなく、友人知人に適当な名前を付け、親友のマレストはブザンソン、リュサンジュ、モンフルリー男爵と呼ばれ、日記ではアナグラムや語呂合わせを多用し、例えばミラノ (Milan) は Mille ans となり、これはナポレオンをも指す。作中人物にもこの傾向は引き継がれ、オクターヴは自らの秘密を誰にも明かさず墓場までもって行く。

しかし誰に対して隠すのか。ロマン・コロン宛ての手紙で、スタンダールはこのところあまり書かなくなったのは、「ぶしつけな知ったかぶり屋」が読んで馬鹿にするのが嫌だからと述べる。「厚かましい奴に私の書いたものを読まれ、心の中を覗き込まれるのが恥ずかしくて、物心がついてから、というより私の場合情熱を抱くようになってから、感じたままを書く、いやむしろ物事に対する私の見方を書けなくなりました。もし読者が私のようにメランコリックで常軌を逸した心を持っていればおそらく面白く思えるのでしょうが」[21]。

世界は私たちから見ればはなはだ均衡のとれない両半分に分かれる。片方はマヌケとペテン師、もう一方は気高い心と少しの才気を偶然恵まれた幸運な人たち。私たちは生まれがヴェッレトリあるいはサン＝トメールだろうが後者と同国人と感じる[22]。

私の希望は四〇人分だけ印刷できるようにすることだ。しかしそういう人たちをどうやって見分けるか？　ロラン夫人はその意見に傷ついた同性の友だちからおそらく知識を鼻にかける女と思われていたろう。困るのは、読んでほしくない人たちなら非常によく知っていることだ。こちらの気持ちを傷つける皮肉を危惧しているので、精神的尺度の対極にいる人たちなのに、私たちに影響を及ぼす。というより、連中に対する嫌悪感が時には繊細な心を傷つけるほど鋭くえぐる。そういうわけで、「国民の名誉」に関する実に悪趣味なオベッカを毎朝読まされる結果、時にはフランス人の弱点を厳しく指弾したくなるのである[23]。

The Happy Few 以外の人間はお呼びでないのであって、余人には不可解な「神聖な言語」[24]で書きたいとさえ述べる。

メリメは彼が「コスモポリタンを自称してはいても心も精神も完全にフランス人だった」[25]と指摘する。現実世界ではたしかにはそうかもしれない。しかし彼はユートピアを「幸福な少数者」と共有するのが望みであって、無国籍者、地上のあらゆる場所で異邦人でありたかったし、そうなるほかなかった。「真の祖国とは自分に似ている人にいちばん多く出会う国である」[26]。

（注）

1 *Chroniques italiennes*, II, pp. 21-22, Cercle du bibliophile.
2 *Promenades dans Rome*, p. 600, Pléiade.
3 *Correspondance générale*, II, p. 70. Lettre à Crozet, le 28 septembre 1816.
4 Ibid. III, p. 711. Lettre à Mareste, le 19 avril 1820.
5 *Vie de Rossini*, I, p. 106, Cercle du bibliophile.
6 拙訳『ロッシーニ伝』みすず書房、p. 484、訳注（17）参照。
7 *Vie de Rossini*, I, p. 32.
8 Ibid. II, p. 262.
9 Ibid. II, p. 39.
10 *Rome, Naples et Florence en 1817*, p. 384, Pléiade (le 16 décembre 1816).

11 *Promenades*, p. 900.

12 *Journal*, le 9 octobre 1810, p. 634, Œuvres intimes I, Pléiade.

13 第Ⅰ部29章。

14 *Journal*, en 1837. p. 307, Œuvres intimes, II, Pléiade,.

15 Ibid. le 9 septembre 1810, pp. 629-630, Œuvres intimes, I.

16 *Journal littéraire*, III, p. 166, Cercle du bibliophile.

17 *Romans et Nouvelles*, p. 315, Cercle du bibliophile.

18 *Lamiel*, pp. 928-932, Romands et nouvelles, II, Pléiade (Martineau).

19 *Journal*, p. 907, le 14 juillet 1814.

20 Prosper Mérimée: *H.B.* p. 340, Mélanges V, Cercle du bibliophile.

21 *Correspondance générale*, V, p. 297. Lettre à Romain Colomb, le 4 novembre 1834,

22 *Promenades dans Rome*, p. 1048-1049.

23 *Rome, Naples et Florence en 1826*, p. 420 note, le 4 janvier 1817.

24 *Promenades dans Rome*, p. 880, le 16 juin 1828.

25 Mérimée: *Notes et souvenirs*, p. 353, Cercle du bibliophile, Mélanges V.

26 *Rome, Naples et Florence en 1817*, p. 98.

遁走する異邦

――ピエール・ロチ『マダム・クリザンテーム』における異邦人

酒井　三喜

エキゾチック

酒井　三喜

ピエール・ロチは一八八五年の夏（明治十八年）、七月から八月にかけて一ヵ月あまり、長崎に滞在します。オカネという日本人女性と結婚し、長崎の町を見下ろす高台に住みました。ロチ、三五歳。オカネ、十八歳。ひと月にも満たない、驚くほど短い結婚ですが、この奇妙な結婚から『マダム・クリザンテーム』という小説が生まれます。『マダム・クリザンテーム』は一八八七年にロチの本国フランスで刊行され大成功を収めます。[1]

ピエール・ロチは、本名をジュリアン・ヴィヨーといい、フランスの海軍士官でした。ベトナムの宗主権をめぐってフランスと中国（清）が戦争をした際に、ロチの乗ったトリオンファント号がフォルモーザ（台湾）の封鎖作戦に参加します。一八八五年の六月にフランスと中国の間に講和条約（天津条約）が結ばれると、トリオンファント号はいったん修理のために長崎の港に入ります。長崎入港が七月八日、ロチとオカネの結婚式は七月十七日におこなわれました。翌十八日に警察署に届けが出され正式な許可が与えられます。この「許可」とは、外国人が居留地の外で日本人女性と一緒に暮らしてよいという許可であったようです。ロチは手紙で、結婚は「更新可能な一ヵ月契約」と書いていますから、[2] いわゆる正式な結婚をしたというのとは違います。

トリオンファント号は八月十二日に港を出て中国に向かいます。出航命令はいつも急にやってきます。予定は初めから決まっていたものではありません。状況によっては、滞在はひと月ではなく数ヵ月続いたかもしれません。一八八五年夏の世界情勢は、ロチの結婚を二十六日で終わらせることになりました（小説では七十日ほどに引き延ばされています）。

ロチがなぜこのような結婚をしたのかという問に答えるのは簡単ではありませんが、小説家ピエール・ロチにとって、この結婚が貴重な「素材」であったことは確かです。海軍士官ジュリアン・ヴィヨーはアマチュア作家ではありません。この時点で彼はすでに四編の小説を発表しています。その中の二編、『アジヤデ』（一八七九）と『ロチの結婚』（一八八〇）は、やがて六番目の小説として書かれる『マダム・クリザンテーム』とともにエキゾチック小説三部作を構成することになります。

軍艦に乗って世界中を移動するのが海軍士官ヴィヨーの仕事です。その「特権」を利用して、作家ロチは、遥か遠い異国、夢の土地を旅し、エキゾチックな風物、風俗を体験し書きとめる。そして、土地の女との果敢ない、しかし濃密なロマンス……これが彼のエキゾチック小説のパターンです。『アジヤデ』は、トルコの町を舞台に、後宮から誘拐した美女アジヤデとの熱い恋の物語を語り、『ロチの結婚』は、南海の楽園タヒチを舞台に美しき娘ララユとの愛を語る……実話に基づいていることがロチのエキゾチック小説の命です。

『アジャデ』は、もともと日記が小説に発展してできたもので、日記の形式をそのまま受け継いでいます。この形式は『マダム・クリザンテーム』でも踏襲されることになるでしょう。小説家ロチは長崎滞在に際しても土地の女との熱いロマンスを必要としていたに違いありません。南海の島に続いては、極東の島日本を舞台にしたロチの結婚……皮肉なことに、タヒチでは原始や神秘と結びついていた結婚という言葉も、日本ではより散文的なものとならざるを得ませんでした。ロチは、結婚ブローカーの斡旋で、十八歳のムスメと結婚します。

ムスメ

ムスメはもちろん日本語の「娘」から来ている言葉ですが、ロチは小説の中で、これをそのまま「ムスメ」“mousmé”と表記しました。ロチによれば、フランス語にはこれに当たる言葉がありません。[3]『マダム・クリザンテーム』が文学的成功を収めると、ムスメという新しい単語がフランス語に付け加えられます。私たちはやがて、マルセル・プルーストの『失われた時を求めて』の中でこの言葉に出会うことになるでしょう。

既存のフランス語では表現できないムスメという言葉の微妙なニュアンスが、日本人ならば容易に捉えられるのかというと、必ずしもそうではありません。「ムスメ」“mousmé”という言葉にはフランス語の「ムー」“moue”（不満そうに唇を突き出した顔）と「フリムス」“frimousse”（子供や娘の顔）の「ムス」が含まれているからです。ロチ的なニュアンスはやはりフランス語の中でしか捉えられないのです。

ムスメという言葉の曖昧な響きが『マダム・クリザンテーム』の成功に大きく貢献したことは間違いありません。読者（男性読者）は、そのエキゾチックな呪文に思い思いの意味を語らせることができたからです。ゴッホは弟テオへの手紙の中で、ムスメとは十二歳から十四歳の日本人の女の子のことだと説明しています。[4]彼の「ムスメ」には、結婚ブローカーによって提供される十八歳の女性は含まれていないようです。『失われた時を求めて』の主人公は、かつて彼にキスを拒んだ乙女アルベルチーヌがこの「ムスメ」という言葉を口にするのを聞いた時、彼女がもはやキスを拒まないと確信します。[5]こうなるともう、私たちは、ムスメという言葉のまわりにつくり上げられた欲望とエロスの迷宮に入り込んでしまいます。

小説の中では、ロチの妻となるムスメの名前はオカネからクリザンテームに変わっています（「クリザンテーム」は「菊」の意味）。年齢は同じ十八歳。クリザンテームは遊女ではありません。クリザンテームの「社会的ステータス」は掴みにくいものですが、日本語の語彙的にはいわゆる「お妾さん」のような存在であろうと想像されます。ロチは未婚者なので正妻はいませんが、長崎の町を見下ろす高台の家は「機能」として見れば「妾宅」に似ています。ロチはトリオンファント号から「妾宅」に通い、気が向けば泊まっていく。クリザンテームは、「旦那」がいつ来てもいいように、家をきれいにし、花を活けて待っている……「更新可能な一ヵ月契約」は結婚という言葉にはなじみませんが、「お妾さん」ならば、賦に落ちる気もします。「お妾さん」は当時の日本ではめずらしいものではなかったはずです。

クリザンテームは三味線を弾き歌を歌います。パフォーマンスのレベルは高く、即興をよくし、ほかのムスメに指使いを教えたりもします。花を活ける技術も高く、才能もあるようです。もちろん読み書きができ、ほかのムスメたちと手紙のやり取りをしています。クリザンテームの母親は、かつて江戸で鳴らした芸者だったという噂もあり、クリザンテームの教育レベルは彼女の家庭環境と関係があるのかもしれません。いずれにしても、クリザンテームがどうしてロチの「妻」にならなければいけなかったのか、その家庭の事情についてでは小説の中では説明されていません。

樋口一葉の『たけくらべ』は、ロチの長崎滞在からちょうど十年後に発表される小説で、東京の吉原界隈を舞台にしたものですが、これに美登利という娘が登場します。町内の子供たちが通う同じ学校に通い、「遊芸手芸」なども習っていますが、将来は遊女になることが決まっています。遊女になる以外の選択肢が存在しない「社会環境」に美登利が置かれているということでしょうか……教育レベルという点ではクリザンテームと近いような気もします。「花魁」になることが美登利の運命であるならば、クリザンテームの運命は「お妾さん」になることだったのかもしれません。

ロチが長崎に来た当時、外国人向けにこうした日本人妻を斡旋するブローカーが存在していたと考えられます。小説にはカングルーという名前のブローカーが出てきます（カンゴローでもカンガルーでもありません）。ロチのほかにも、トリオンファント号の四人の海軍士官がカングルーの紹介で日本人妻と「結婚」しています。カングルーは候補者の「ストック」を持っており、希望に合わせて適当な相手を推薦します。彼がロチに最初に薦めたのは、クリザンテームではなくジャスマン（ジャスミン）という少女でした。ジャスマンは、しかし、あまりにも幼く見えたので、さすがのロチもこの少女を「買う」ことにたじろぎます。こんな子供を平気で「売ろう」とする人々にあきれてしまいます[6]。ロチはカングルーから、ジャスマンが十五歳くらいだと聞いていましたから、ロチがたじろいだのは、ジャスマンが実際には十二、三歳の少女だった、少なくともそれくらいの年齢に見えた、ということでしょうか。十五歳という年齢はロチにとって問題にはならないようです。ロチはジャスマンの代わりにクリザンテームを選びます。十八歳のムスメを「買う」ことについては、ロチはまったく後ろめたさを感じません。

ロマンス

カングルーの仲介で成立した五組のカップルのうちひと組からはロマンスが生まれます。ムスメは五人の中でいちばん可愛らしく、男は美しい金髪をしていました。男が船に乗って去っていくまでの果敢ない恋ですが、もともとここでは永遠の愛など求められていません。別れることがロマンスのルールであり、別れの涙こそがロマンスを完成させるのです。やがて別れが訪れる時、この二人だけは涙を流すだろう、とロチは書きます。[7]『マダム・クリザンテーム』は、しかし、ロチとクリザンテームの物語です。この二人の間には残念ながらロマンスは生まれませんでした。『マダム・クリザンテーム』は、ロマンスなきエキゾチック小説として、『アジヤデ』や『ロチの結婚』とは異なった方向へと向かいます。

クリザンテームとの結婚が愛のない結婚であることは、小説の中で繰り返し語られます。うっとうしい[8]、いらいらする[9]、など、クリザンテーム、あるいはクリザンテームとの生活に関するネガティブな表現はそこここに見られます。二人の関係は時とともにますます冷えてゆく、とも書かれています。[10] ああ、これがクリザンテームとではなく、私の愛する女とだったらどんなにいいか、とロチは言います。[11] これは、私はクリザンテームを愛していないと言うのと同じことです。ロチは離婚も考えますが、それは思いとどまりました。離婚を主張すべき正当な理由が見つからないのです。[12] クリザンテームにはなんの落ち度もない、ということなのでしょう。結婚契約書に「真実の愛をもって愛すること」という条項は存在しないはずです。ロチを愛していなくても、クリザンテームは彼女の契約を正当に履行することができるのです。

クリザンテームが実際のところなにを思いどう感じているのかということは読者にはわかりません。小説は日記形式なので、視点はロチにあります。読者はクリザンテームの内面を窺い知ることができません。ロチにとって他者であるクリザンテームは、読者にとっても他者なのです。

視点の問題にコミュニケーションの問題が加わります。ロチの日本語は「旅行者のための日本語」のレベルです。言葉を通してクリザンテームの心を理解するということがロチにはできません。彼女の黄色い頭をよぎる夢は、言葉にすることもならず、私には永遠に謎のまま[13]……彼女の夢どころか、蚊がいることを伝えるだけでも大変な騒ぎなのです。[14] 身体言語というものもありますが、フランスと日本ではコードが違うということもあって、ロチにはこれも解読がむずかしい。クリザンテームはいつも品をつくり、しばしばしかめ面をします。[15] ロチはこれにいい感じを持っていないようですが、その意味を正しく受け取っているのかどうかはわかりません。ロチにとって異国の人であるクリザンテームは、読者にとっても異国の人です。

このように、クリザンテームという人物については正確なところはよくわかりません。私たちには、クリザンテームに対するロチの気持ちが知らされるだけです。その気持ちにしても、詳しく説明されているわけではありません。なにがうっとうしいのか、どういうわけでいらいらするのか、ということについてはほとんど書かれていないのです。とにかく、ロチの語るところによれば、クリザンテームとロチの間に乗り越えがたい溝が広がっています。溝を乗り越えることを可能にするものがあるとすればたぶん愛なのだろうけれど、この物語にはその愛が欠けている……なんと、ロチは夜の床で、昔の恋人アジヤデのことを思い出し、クリザンテームに憎しみのまなざしを送ったりするのです。[16] もちろん、七十日間の結婚生活の間には、ロチの気持ちも微妙に変化します。二人の関係が近づくこともあれば、また遠くなることもある。けれど、七十日の終わりには、ただ深い失望が待っているだけです。涙の別れが訪れることはありません。さあ、仲良く別れよう、と最後にロチはクリザンテームに向かって言います。[17] 涙の別れどころではありません。

ロマンスはなぜ生まれなかったのでしょうか……ロチが愛さなかったからか。クリザンテームが愛さなかったのか。ロチが愛さなかったからクリザンテームは愛さなかったのか。クリザンテームのせいなのか……いずれにせよ、ロマンスが生まれなかったことについて、ロチはどうやらクリザンテームを責めているようです。別れの場面で明らかに機嫌が悪いのはロチの方なのです。恋が生まれなかったのは、クリザンテームが、アジヤデやララユがロチを愛したようにロチを愛してくれなかったからだ、とロチは言いたいのでしょうか。クリザンテームは、病気になったロチを親身になって看病する優しいムスメですが、[18] 確かに、ロチを愛することは拒んだのです。アジヤデやララユが物語の運命的結末として受け入れた涙の別れを、クリザンテームは受け入れませんでした。その結果、『マダム・クリザンテーム』は、それまでのエキゾチック小説の枠組みをそっくり受け継ぎながら、ロマンスと涙の別れという決定的な要素を失ってしまったのです。

恋愛物語として『マダム・クリザンテーム』を見れば、それは明らかに失敗した恋愛の物語です。しかし、エキゾチック小説の第三作目として見れば、それは、いままでのエキゾチック小説のパターンを打ち破って大きな革新をもたらした小説ということになるでしょう。ロマンスなきエキゾチック小説は、新しいタイプの異国の女を創り出しました。クリザンテームは異国の女の運命を拒みます。旅する男と恋に落ちることが異国の女の変わらぬ運命でした。それは単に、アジヤデの運命であるだけではなく、ララユの運命であるだけではないのです。クリザンテームの提示する新たな異国の女像は、ロチ的世界の中だけで異国の女の宿命と対峙するのではありません。ロチのエキゾチック小説に見られるロマンスのパターンは、意識的であれ無意識的であれ、遠く古代ギリシャの青い海にその文学的モデルを持っているからです。

テセウスは広い海を旅する英雄です。その土地土地で女を愛し、女を捨て、また船出する。アリアドネは自らの持つすべてを犠牲にしてテセウスを愛しますが、テセウスは彼女をナクソス島に置き去りにしたまま立ち去ります。帆にいっぱいの風を受けて遠ざかる船とひとり岸辺にたたずむ女の悲しみ……アリアドネの悲しみは捨てられた女の宿命を歌いつづけます。東洋の小さなムスメ、クリザンテームはアリアドネの永遠の嘆きに向かって「否《ノン》」と言うのです。彼女は、アジヤデの別れを、ララユの別れを、儀式のように繰り返しますが、涙を見せることはありません。立ち去ってゆく英雄のために自らの運命を捧げたりはしないのです。

クリザンテームのもたらした革新は重要なものです。革新に対する強い抵抗がその重要さを示しています。『マダム・クリザンテーム』は、アンドレ・メサジェの作曲でオペラ化されていますが(一八九三年初演)、台本作者たちは、原作にはないちょっとした場面をオペラの最後に付け加えます。場面は船の上。友人イヴがロチに一通の手紙を差し出します。手紙が日本を遠く離れたらロチに渡してくれと、クリザンテームから託された手紙です。手紙には、ロチ、あなたは私の愛を疑っていたけれど、私はあなたを本当に愛していました、と書いてあります。これを読んでロチは感動し、ああ、ヨーロッパだろうと日本だろうと、女はやっぱり女なんだねえ、とわけのわからないことを言って、オペラは幕を閉じます。都合のよいロマンスの捏造です。

一八九四年に『マダム・クリザンテームの薄紅色の手帖』という小冊子が出版されました。[19] 書いたのは、日本滞在経験を持つフェリックス・レガメーという人で、この人はロチとはまた違った角度で日本を見ていました。レガメーによれば、日本に向けられたロチの視線は偏見に満ち、その日本理解は表面的です。ロチには日本のすばらしさが見えておらず、日本に対する辛辣な批評は彼の無理解に起因しています。クリザンテームをうっとうしく感じるのも、彼女の深い愛情に対するロチの信じがたい鈍感さによるものです。『マダム・クリザンテームの薄紅色の手帖』はクリザンテームの日記です。クリザンテームの視点から彼女とロチの結婚が語られます。

『マダム・クリザンテームの薄紅色の手帖』はもちろんフィクションであり、本物の日記ではありません。パロディと呼べるかもしれませんが、パロディの標的は人気作家ピエール・ロチです。クリザンテームではありません。クリザンテームは情愛に満ちた献身的存在として描かれます。彼女は心からロチを愛し（なぜそこまでロチを愛せるのかわかりませんが）、夫を幸福にしようと努力します。フランス語を勉強し、言葉の通じない夫とコミュニケーションをとりたいと望んでいます。『マダム・クリザンテーム』の中で、ロチがネガティブな意味づけをしたクリザンテームのすべての行動が、『薄紅色の手帖』では、クリザンテームによって説明され、ポジティブな意味をつけなおされます。例えば、『マダム・クリザンテーム』には、報酬としてもらった銀貨が本物かどうか調べている（とロチは思う）クリザンテームの姿を見てロチがひどく傷つく、という場面があります。『薄紅色の手帖』では、クリザンテームは、その時歌っていた歌の伴奏に銀貨をたたいていただけ、と説明されます。しかも、歌は吝嗇をいましめる歌[20]……レガメーは、「反ロチ」の立場から、日本とクリザンテームを擁護するためにこの「日記」を書いているのですが、「夫に愛されないことに苦しみながらも誠実に夫を愛する日本女性」というレガメー的クリザンテーム像は、逆にある種の胡散臭さを感じさせます。日本をよく理解する者、日本を愛する者という資格で、クリザンテームの「内面」に入り、自らの理想的日本人女性像をそこに書き込んでしまうことが、日本とクリザンテームをはたして擁護することになるのかどうか……いずれにせよ、『薄紅色の手帖』は、ロマンスなき異国の物語に愛を復活させようとするもうひとつの試みです。

マダム・バタフライ

長崎の港と町を見下ろす高台の家。海軍士官が、結婚ブローカーの斡旋で日本人娘と結婚をする、その婚礼の日……プッチーニのオペラ『マダム・バタフライ』の第一幕です。海軍士官はアメリカ人。バタフライと呼ばれるその娘の年齢は十五歳。よく見れば、すでに違いはいろいろと目に付きはじめますが、それでも『マダム・バタフライ』は『マダム・クリザンテーム』とよく似ています。なによりも、双子のように似かよったこれら二つのタイトルが、両者の間に共通のDNAが存在することを示しています。

『マダム・バタフライ』の時代設定は一九〇四年としてありますが、これはただオペラの初演の年にそろえただけと思われます。一九〇四年は日露戦争の始まる年です。『マダム・クリザンテーム』の時代から四半世紀以上が経ち、日本もその姿を大きく変えました。そうした時代の変化は、しかし、『マダム・バタフライ』の背景にほとんど影響を与えていません。時間を巻き戻して、蝶々さんをクリザンテームの時代にタイムスリップさせたとしても、大きな問題は起きないはずです。遠い異国の地ナガサキでは時間は停止しているかのようです。

『マダム・バタフライ』と『マダム・クリザンテーム』というこの姉妹は、きわめてよく似ていながら、また、まったく異なっています。『マダム・バタフライ』は『マダム・クリザンテーム』のエキゾチックな枠組みをそっくりコピーした後で、その日本的エキゾチスムのうちにアリアドネの嘆きをみごとに復活させるのです。

『マダム・クリザンテーム』は「ロチの結婚」の物語ですから、ロチが日本を離れるとともに物語も幕を閉じます。『マダム・バタフライ』では、「英雄」に捨てられたバタフライ／アリアドネの孤独と悲しみにストーリーとしての比重が置かれます（二幕、三幕）。ロチを愛さなかったクリザンテームには、その後の孤独も悲しみもないわけですが、蝶々さんは夫ピンカートンを愛しました。愛することに決めた、と言った方がいいかもしれません。彼女にとって、愛は感情の問題であると同時に原理的な問題だからです。「ただ一人の夫を愛し添い遂げる」という基本原則を彼女は彼女のエキゾチックな美意識によってつらぬき通します。『マダム・バタフライ』は、『マダム・クリザンテーム』の愛なきエキゾチスムに対するもっとも完成されたアンチ・テーゼなのです。

プッチーニとそのスタッフ（台本はイリカとジャコーザ）は、当然ロチのエキゾチック小説を視野に入れていたものと思われますが、彼らが直接オペラのベースとしたのはアメリカの劇作家デヴィッド・ベラスコの『マダム・バタフライ』という同じタイトルの芝居でした。ベラスコは、ジョン・ルーサー・ロングという作家が一八九七年に発表したやはり同名の短編小説を下敷きにしています。ロングの小説を読んだベラスコが、一九〇〇年にこれを一幕の芝居にしてニューヨークのブロードウェイに掛け成功を収めます。同じ年のロンドン公演でこの芝居を偶々見たプッチーニがベラスコのバタフライに惚れこんでしまった、というのがオペラ化のそもそものきっかけです。

ベラスコの芝居は、ピンカートンが蝶々さんのもとを去って二年、蝶々さんは夫の帰りを待っている、というところから始まります（ベラスコ版では、もっぱら「アリアドネの孤独と悲しみ」に焦点が当てられています）。ロングの小説の二章と三章、ピンカートンとバタフライの結婚生活を語った部分がカットされています。プッチーニは、二人の結婚生活をもう一度取り上げ、これを婚礼の一日に展開して第一幕をつくりました。ベラスコの『バタフライ』はオペラの第二幕と第三幕に対応しますが、この二つの幕は普通続けて一幕のように上演されます。ロングの小説には、最終幕のピンカートンの登場に対応するものはありませんが（ロングのピンカートンは反省も後悔もせず、テセウスのように姿を消したままです）、オペラ『マダム・バタフライ』の基本的なストーリーとプロットはロングの小説ですでに提示されていると言えるでしょう。タイトルもロングに由来しています。プッチーニの『マダム・バタフライ』が『マダム・クリザンテーム』のDNAを受け継いでいるとすれば、それはロングの『マダム・バタフライ』を通じてなのです。

ロングの『マダム・バタフライ』は『マダム・クリザンテーム』とどのような繋がりを持っているのでしょうか。この問題に答えるのは少し厄介です。ロングの小説は実話に基づいて書かれています。ロング自身は日本に滞在した経験はありませんが、彼の姉が、一八九〇年代の初めに、宣教師だった夫とともに長崎に滞在していました。彼女は、その時耳にしたある日本人娘の悲しい物語を弟に語って聞かせます。

結婚ブローカーは実際にいたはずです。海軍士官と日本人娘の結婚もめずらしいものではなかったでしょう。長崎は起伏の多い地形です。町と港を見下ろす高台の家はいたるところにあるに違いありません。『マダム・バタフライ』が、一八九〇年代の初めに長崎の町で語られていた実話にそのルーツを持っているのだとしたら、『マダム・クリザンテーム』と『マダム・バタフライ』が似かよっているのはただの偶然に過ぎないということになります。

ある資料によれば、[21]ロングの小説のモデルはヤマムラ・ツルといいます。武士の家に生まれ、十四歳でアメリカ人の海軍士官と結婚し、その後捨てられます。自殺を試みますが未遂に終わります。息子が一人いました。ロングの小説が発表された一八九七年には彼女は四十七歳だったといいますから、現実と小説を重ねれば、小説の始まりは一八六四年ということになります。ロチが長崎に滞在した一八八五年には三十五歳。クリザンテームのモデル、オカネの方がずっと若い計算です。

ロングの姉が語ったツルの物語が具体的にどんなものだったかはわかりません。ロングの姉がこれを聞いた時点で、すでに四半世紀前の物語ですから、長崎の町で語り伝えられてきた「伝説」のようなものだったかもしれません。ロングの姉は小説家ではありませんから、「伝説」に文学的脚色をほどこしたとも思えません。ツルの物語は『マダム・クリザンテーム』とおそらくどのような繋がりも持たなかったでしょう。しかし、ロングは小説家です。一八九〇年代に、ツルの物語をひとつの小説へと構造化していく過程で、ロングのような日本趣味の作家[22]が『マダム・クリザンテーム』の影響を受けずにいるのはむしろきわめてむずかしいことだったと思われます。『マダム・クリザンテーム』の影響をはっきりと示す刻印が、『マダム・バタフライ』には押されています。

ロングの『バタフライ』は、登場人物ではない語り手によって語られる三人称小説です。語り手は、語られる物語の外側に位置しており、彼が望めばどの登場人物の視点にも立つことができるような特権的地位を与えられています。基本的には、物語はバタフライにフォーカスされていると言っていいでしょう。『マダム・バタフライ』はバタフライの物語であり、語り手はバタフライに寄り添って物語を展開していきます。ところが、第一章は違います。第一章は、それがまるでピンカートンの物語であるかのように始まるのです。ピンカートンは友人のセイヤーと日本に向かう船のデッキに立って話をしています。日本についたら退屈しのぎに結婚でもしてみたら、とセイヤーはピンカートンに言います。物語の発端を語るこのプロローグ部分はそこだけが小説の中で異質な「語り」を形成しています。第一章には蝶々さんが登場しません。蝶々さんの物語は第二章から始まります。しかも、第一章で主人公のように振舞っているピンカートンは、第三章が終わるとさっさと姿を消してしまい、第十二章で蝶々さんの望遠鏡にちらりと映るほかは、もう二度と現れません。プロローグ部分が、ロングの姉が語るツルの物語に存在し得ないのは言うまでもないでしょう。海軍士官二人の船上の会話が「実話」に含まれるはずがないからです。なぜロングは、バタフライの物語をあたかもピンカートンの物語であるかのように始めてしまったのでしょうか。

ロチの小説が、ロングの小説のこの構造上の「欠陥」にひとつの合理的な説明を与えてくれます。『マダム・クリザンテーム』は、日本に向かう船の上でロチと友人のイヴが話をしている場面から始まります。日本に着いたらすぐに結婚するつもりだ、とロチはそこでイヴに打ち明けます……『バタフライ』と『クリザンテーム』があまりにもよく似た船上の場面から始まっていることを認めないわけにはいきません。さすがに、これを偶然だと考えるのには無理があります。ロングは明らかに『クリザンテーム』の冒頭部分を自分の小説に「使った」のです。『クリザンテーム』の場合、語り手でもある主人公ロチが冒頭で「結婚するぞ」と言うことは、物語の展開にいかにも自然に繋がります。一方『バタフライ』では、船上の場面はむしろ物語の中の異分子です。この場面のせいで、小説の「語り」は奇妙にねじれてしまっています。ロングは、物語の整合性を損なうという危険を冒してまでも、船上の場面から彼の『バタフライ』を始めようとしたのです。

ロングはなぜわざわざ小説の冒頭に『クリザンテーム』を「引用」する必要があったのでしょうか。おそらく、ロングはロチに対して「反駁」しようとしたのです。『クリザンテーム』を思わせるエキゾチックな枠組みの中で、ロングはロチとまったく異なった方向へ進もうとしています。異邦人への愛のために自らを犠牲にする日本人娘の悲劇……『クリザンテーム』と対照的なエンディングを持つこの物語をロチと同じスタート地点から始めること、それはこの小説がロチへのアンチ・テーゼであることを宣言することです。ロングはただ単に異国の女の愛の物語を語るのではありません。彼は、レガメーが『薄紅色の手帖』でそうしたように、ロチに反して、異国の女に愛を復権させるのです。

ジャポヌリー

日本へ向かう船の上でロチはイヴに言います。日本に着いたらすぐ結婚する。結婚するなら小さな女だ。黄色い肌で、髪は黒く、猫のような目[23]……ロチが想像する日本女性のイメージは、おもに日本の美術品を通してつくりあげたものです。[24]

日本の美術品・骨董品はジャポネズリー、あるいはジャポヌリーと呼ばれます。浮世絵、陶器、漆塗り、仏像、キモノ……日本の開国によってジャポネズリーがヨーロッパに紹介されるようになると、日本趣味が徐々に広まっていきます。ロチが長崎に滞在する頃には、日本趣味は単なる趣味ではなく大きな流行になっていました。人々はジャポネズリーで部屋を飾り、画家たちは浮世絵に夢中になる……

『マダム・クリザンテーム』が出版された一八八七年の周辺で具体的な事例を二、三拾ってみましょう。一八八七年というと、パリのショシャ通りとプロヴァンス通りの角にサミユエル・ビングの店がありました。日本の美術工芸品をあつかう大きな美術商で、浮世絵だけでも何千というストックがあったと言います。ビングは、十九世紀最後の四半世紀のフランスの美術史において重要な役割を果たした人物です。もともと東洋美術のコレクターで、ショシャ通りに日本・中国美術のギャラリーを開いていましたが、一八八三年に大改造・大増築をして、店はパリにおけるジャポネズリーのメッカとなります。一八八〇年代のジャポネズリー・ブーム、あるいはもっと広い意味でのアート・トレンドを牽引するファッション・リーダー的存在の一人と言っていいでしょう。ビングは、一八八八年に、日本美術の専門誌『ル・ジャポン・アルティスティック』を創刊しています。ファッショナブルかつオーセンティックな美術雑誌で、豊富な図版を載せ、一流の執筆人が記事を寄せました。パリに出てきて間もないゴッホが、ビングの店で浮世絵を購入し、また盛んに模写をしていたのがやはりこの一八八七年です。ゴッホに《タンギー親父》という有名な絵があります。タンギーはゴッホと親しかったパリの画材屋ですが、このタンギーの肖像の背景の壁に何枚もの浮世絵が掛けられています。この絵も一八八七年に描かれました。

『マダム・クリザンテーム』の主人公もまた、このジャポネズリー・ブームにうかうかと乗ったあまたのフランス人の一人です。彼は長崎の骨董屋をせっせとまわってジャポネズリーを買いあさります。骨董品のことを彼はビブロと呼んでいますが、出航が決まって高台の家を引き払う時には、そうしたビブロは箱にして十八箱に上りました。人力車何台かに乗せて船まで運んだとあります。[25]

黄色い肌をした小さな女は、ロチにとって、いわばこうしたビブロのひとつなのです。人形ほどの背丈の女がいい[26]……黄色い肌の「人形」は、ロチのコレクションのひとつとして買い求められ、コレクションの中でももっとも貴重なジャポヌリーになるはずです。現地でしか手に入らない美術品、ビングの店でさえ入手困難なもの……小さな人形のようなムスメたちは実際にたくさん存在していました[27]。クリザンテームは、しかし、そうではなかったのです。

クリザンテームは悲しげな表情をしていました。「人形」の小さな頭の中には悲しい思いが去来しているのです。それがどんな思いかはロチにはわからない[28]。彼の日本語能力ではその思いを察することは不可能です。人形であるはずのクリザンテームは、彼にはアクセスの禁じられた「内面」を持っていたのです。しかもその「内面」は明らかに自分への思いに満たされてはいない。ロチの所有する「人形」は彼に所有することのできない世界を内包している。そのことが彼をいらだたせたのかもしれません。彼女の「内面」は空っぽに決まっているし、どのみち彼女の「内面」などどうでもいいし、と彼は傷ついた子供のように口を尖らせます。

クリザンテームの「内面」についてなにも知らないロチはなにも語ることができない……これは当然なわけですが、クリザンテームとロチの関係についても彼はほとんど語ることをしません。彼らの間になにが起こっているのか、私たちにはよくわかりません。とにかく、彼ら二人の生活は、昼はうっとうしく、夜は哀れなもの[29]となってしまいます。

人形であることを拒むクリザンテームが、しかし、ジャポヌリーに変容するまれな瞬間があります。眠っている時です[30]。彼女はブルーのキモノを着て畳の上にうつぶせに寝ていました。キモノの裾が長く伸び、交差した腕から袖が大きな蜻蛉の羽のように広がっています。そうしていると彼女はとても「装飾的」で、ロチは、クリザンテームがいつもそうして眠っていてくれたらと夢見るのです。装飾的蜻蛉は日本美術的イメージでもあり、またアール・ヌーヴォー的イメージとも言えるでしょう。日本美術、あるいはジャポニスムとアール・ヌーヴォーの間には深い結びつきがあります。ちなみに、先述のビング、日本の美術工芸品をあつかっていた美術商ビングですが、彼は一八九五年に店の名前を「アール・ヌーヴォーの店」と改名し、まさに「新しい芸術」の発信基地とします。フランスでは、この店の名前から「アール・ヌーヴォー」という言葉が広まったとされています。クリザンテームの上に、ヨーロッパの新しい美術様式が結晶しているとも言えそうですが、いずれにせよ、ここではクリザンテームは装飾品であり、その「内面」を失って、もはやロチを脅かすことはありません。

ロチの読者だったマルセル・プルーストは『囚われの女』(『失われた時を求めて』第五巻)

の中でこの眠る女のテーマを取り上げました。現在の版では、それぞれコンテクストを変えて四つのバリエーションが展開されています。[31] 主人公マルセルはアルベルチーヌと同棲しています。同棲ですから、アルベルチーヌは出て行こうと思えば好きなときに出て行けるのですが、マルセルはその圧倒的な経済力によって彼女を事実上「囲い者」（「囚われの女」）にしています。シチュエーションもロチとどこか似ています。マルセルはアルベルチーヌの同性愛を疑っています。彼は彼女を監視し、また問い詰めもしますが、彼女は嘘に嘘を重ねて、彼の質問をはぐらかし、また彼の目を逃れます。アルベルチーヌを「閉じ込めて」もなお、マルセルは彼女を完全に所有することができないと感じます。しかし、眠っているアルベルチーヌはべつです。眠っている彼女はついにマルセルにとって「逃げ去る女」であることをやめ、マルセルは完全に彼女を所有したと思うことができるのです。[32] アルベルチーヌはキモノを着て寝ています。また、暑ければ、キモノを脱いでそれを肘掛け椅子に掛けています。プルーストはその姿を植物に譬えて描写しますが、それは生きた植物で、装飾品ではありません。

プルーストはもちろんプルースト的コンテクストで眠る女のテーマを展開しています。「所有する」ことが問題にされますが、人形や美術品といったアイデアはありません。ポイントはアルベルチーヌの同性愛に置かれ、そこにマルセルの欲望や嫉妬のテーマが絡みます。ロチはプルーストのような「分析」をする小説家ではありません。眠るクリザンテームは、ジャポヌリー、人形といった、お馴染みのクリザンテーム的モチーフをめぐって、そのイメージが軽く展開されるだけで、眠る女のテーマ自体はすぐに惜しげもなく捨て去られます。むしろ、プルーストによるこのテーマのバリエーションが、逆に、眠るクリザンテームに潜むロチ的（プルースト的）テーマを顕在化させてくれるように思われます。

『失われた時を求めて』の主人公マルセルとアルベルチーヌの間には、いわば「絶対的」に共有できないなにかがあります。アルベルチーヌは「ゴモラの女」（女性の同性愛者）です。マルセルの嫉妬は「単純」な三角関係をベースにしているのではありません。女に対する女の愛に嫉妬しているのです。「ゴモラの女」の「内側」をマルセルが窺い知ることはできません。想像することも、共感することもできません。「ゴモラの女たち」の住む世界、レスビエンヌの住むレスボスは、マルセルにとって「絶対的」な異国の島なのです。その理解不能ななにかがマルセルを脅かします。

『マダム・クリザンテーム』において、クリザンテームの同性愛が問題になることはありません。彼女は「ゴモラの女」ではありません。彼女は異国の女です。ロチはクリサンテームの「内面」（「なにを思いなにを感じているのか」[33]）を理解することができません。言語によるコミュニケーションがとれない以上それは仕方のないことです。しかし、事はもう少し込み入っていますۢ。ロチが疑っているのは、そもそも自分とクリザンテームが共通言語を持つことなど可能なのか、ということです。「不可解で恐ろしい深淵」[34]が彼らを隔てています。それは、外国語を学ぶといったことでは埋めることのできない深淵のように思えます。ヨーロッパの言葉を話す自分と日本語を話すクリザンテームは同じ人間的基盤に立っていない。ロチの言語とクリザンテームの言語は、人間の言語と鳥の言語、猿の言語ほど異なっているのです。[35]彼はクリザンテームのうちの絶対的なまでの「他者性」に脅えています。「他者性」を「異邦性」と言い換えてもいいでしょう。クリザンテームは、ただ単に私を愛さない恐ろしい深遠……ロチが日本語の勉強を放棄してしまうのは、[36]おそらくそのためです。「他者性」を「異邦性」と言い換えてもいいでしょう。クリザンテームは、ただ単に私を愛さない女なのではなく、私を愛さない別世界の女なのです。

メサジェのオペラ『マダム・クリザンテーム』が、原作を裏切ってその最後に付け加えた「ヨーロッパだろうと日本だろうと、女はやっぱり女」という台詞は、あまりにステレオタイプな台詞ですが、このステレオタイプな台詞が、かえって対照的に、原作のクリザンテームが持っている特異性をうまく説明してくれます。小説のクリザンテームがロチを愛さないのは、彼女がヨーロッパの女ではないからです。「ヨーロッパだろうと日本だろうと女は女」という台詞が前提としている「女の普遍性」をクリザンテームは否定します。彼女は、ヨーロッパで「女」という時の「女」ですらなく、その意味では、「女」であることさえ拒否しているのです。

ロチはある日ナガサキの旧市街で、彼の理想のムスメを見かけ、思わず立ちどまりました。[37] 夾竹桃の生垣の前に出現したその完璧なジャポヌリーに彼は見惚れます。そして愛することのできないクリザンテームのことを思います。あの理想のムスメが私の妻であったら……しかし、とロチは思い直します。クリザンテームも同じように、いまこの時、あの夾竹桃の前に立っていたら、私は理想のムスメだと思うにちがいない。陳列台の上では魅力的な人形も、現実に妻となればその魅力を失ってしまう……ムスメたちの魅力はジャポヌリーのエキゾチックな魅力であるのに、まさに異国の女《もの》であることによって、ヨーロッパの女が私を愛してくれるように、彼女たちは私を愛してはくれない。大いなる矛盾です。クリザンテームの眠りはこの矛盾を解いてくれます。クリザンテームの眠りがクリザンテームのうちに封じ込めるのは、ヨーロッパの男と異国の女の間に広がる深遠です。愛することを頑なに拒む異邦人という「絶対的」な他者……目を覚ませば、クリザンテームはまた異邦へと逃げ去ります。

イヴ

酒井　三喜

眠る女のプルースト的バリエーションでは、逃げ去る女のテーマは嫉妬のテーマと深く結びついています。アルベルチーヌはゴモラの世界の住民です。彼女はゴモラの女とともにマルセルを裏切ります。裏切りに脅えるマルセルの心には激しい嫉妬が癌細胞のように増殖していきます。彼はアルベルチーヌの行動のすべてを見張ろうとして、それが不可能であることに消耗します。眠る女はマルセルの心に束の間の平和をもたらすのです。

嫉妬は、眠るクリザンテームのジャポヌリーとエキゾチスムのうちにも身を潜めています。ロチの三番目のエキゾチック小説は、ロマンスと涙の別れを放棄して、三角関係という新たなシェーマを物語に導入しました。異国の風物のうちに織り込まれるのは恋ではなく嫉妬です。三角関係を生み出すのはイヴの存在です。ロチとクリザンテームとイヴ、あるいは、ロチとイヴとクリザンテーム……

もともと、クリザンテームを選んだのはイヴです。[38] カングルーがロチに最初に薦めたのはジャスマンというムスメでした。ジャスマンを拒否したロチは、ジャスマンに同行してきたムスメたちの一人でイヴが目にとめたクリザンテームと、いわば成り行きで結婚することになります。クリザンテームがロチの気に入ったというわけではなく、イヴの気に入ったムスメとロチが結婚したのです。イヴは船での仕事が終わるとまっすぐにロチとクリザンテームの家にやってきます。[39] イヴとクリザンテームは一緒にゲームをしたりしますが、とても仲がよさそうに見えます。[40] 二人は互いを気に入っているように見え、[41] クリザンテームへのイヴの愛は日々募っていくようです。[42] すべてロチの視点で語られますから、客観的事実というわけではありませんが、イヴとクリザンテームは物語の進行とともに親密さを深めていきます。

　エキゾチック小説における嫉妬の現れ方は少し変わっています。クリザンテームはロチに愛を拒む異国の女です。ロチの疑いや嫉妬は、クリザンテームへの感情の揺らぎを生み出すだけではなく、日本という異国の印象にも大きな影響を与えます。ロチの描く日本にはクリザンテームをめぐって揺れ動く彼の感情が充填されています。例えば、ロチはこう書きます。日本には、そしてそこに住む小さな人々には、なにか本質的なものが欠けている。その場その場で面白ければそれでよく、過ぎ去ればもう顧みることはしない[43]……こうしたロチのネガティブな日本文化批評は、クリザンテームが私ではなくイヴとの別れを悲しんでいるのだ、というロチの疑い[44]と無縁ではありません。クリザンテームはやはりイヴではなく自分を愛していたのだと思ったとたんに、日本はロチにとって甘美で、瑞々しく、心地よい[45]ものに変わります。逆に、クリザンテームは結局のところ私を愛してなどいなかったのだ、と思った時には、日本はその魅力を完全に失って、小さく、古ぼけて、干乾びたものと成り果てるのです。[46]

ロチは、プルーストとは違い、嫉妬という感情自体については語ることをしません。嫉妬という感情のフィルターで歪んだ世界を、異国の風物を前にした旅行者のスタイルで綴ります。フィルターの存在に気づかないことさえあるかもしれません。しかし、日本に向けられているのは、そして、クリザンテームとイヴに向けられているのは、まぎれもなく嫉妬に囚われた夫の視線です。ロチの視線は、イヴとクリザンテームを見張っています。イヴとクリザンテームの別れの場面では、ロチは、耳をそばだて、目を皿のようにして観察します。[47]ロチの覗く望遠鏡が、覗くロチの視線を鮮やかに象徴しています。船の上からロチは、クリザンテームの家につづく急な坂を走るように上っていくイヴの姿をとらえています。[48]

ロチの嫉妬には、少しわかりにくいところがあります。そもそも、イヴに三角関係を提案したのはロチであるようにも思えるからです。日本へ向かう船の上で彼はイヴに言ったのでした。日本に着いたらすぐ結婚する。結婚するなら小さな女だ。黄色い肌で、髪は黒く、猫のような目……ロチはつづけて言います。私たちが住むのは紙でできた日本の家。緑の庭に囲まれた木陰の住処。イヴ、そこにはきみの部屋も用意されている[49]……船上の場面にクリザンテームは登場しません。ロチはまだだれが自分の結婚相手になるのかさえ知りません。けれど、どんな相手と結婚するにせよ、新しい家にはイヴが一緒に住むことになる……奇妙な結婚計画です。ロチは冗談を言ったのではありません。高台の家の賃貸契約には、イヴの部屋というのがちゃんと入っているのです。[50] クリザンテームがロチの妻になると決まる以前に、ロチはイヴにこのような奇妙な提案をしています。しかも、クリザンテームを選んだのはイヴなのです。ロチの嫉妬とはいったいどのようなものなのでしょう。

時にはロチは、イヴとクリザンテームの二人に「便宜」を図っているようにさえ見えることがあります。雨の夜に家につづく坂道を三人で上っていた時、イヴにクリザンテームを抱いて上るように仕向けたのはロチ自身です。[51] ロチが五日もの間クリザンテームの家に近づかなかったのは、イヴがクリザンテームのもとに行きやすいようにするためではなかったのでしょうか。[52] 蚊帳がひとつしかないので三人並んで寝ることにした夜、ロチが、イヴの枕をロチとクリザンテームの間に置いたのは、明らかに、「便宜」を図ったのではなく、二人を試すためです。[53] では、その他の場合も、二人を試すためだったのでしょうか。二人を、あるいはイヴを、あるいはクリザンテームを……

ダミアン・ザノーヌは、『マダム・クリザンテーム』と『私の弟のイヴ[54]』を比較・分析した論文の中で、『マダム・クリザンテーム』の三角関係では、ロチとイヴがクリザンテームを争っているのではなく、ロチとクリザンテームがイヴを争っているのだと言っています[55]。ロチとイヴは日本に来るずっと前からの友人です。兄弟のような存在です。その濃密な関係の中にクリザンテームが侵入してきたのだ、と言うのです。確かに、ロチは二人の「密通」の可能性について、あの日本人（クリザンテームのこと）のことはどうでもいいけれど、イヴがそんなことをするならば、それは私の彼に対する信頼を大きく裏切ることだ、と書いています[56]。「あの日本人」という言い方がすでに感情的で、ロチのこの言葉はにわかには信じがたいものです。それほど信頼する大切な友人であるならば、どうして試すようなことをするのか、という疑問も残ります。ただ、ザノーヌに従がって、これを文字通りに読めば、クリザンテームは、ロチの大事なイヴを籠絡しようとする悪魔のような存在であり、この三角関係における敵同士はロチとクリザンテームである、というふうにも見えてきます。

『私の弟のイヴ』が、『マダム・クリザンテーム』のプロローグ部分である船上の場面に新たな光を当ててくれるのも確かです。ロチは、日本へ向かう船の上で、自分が結婚したたら一緒に住もうとイヴに提案するのでした。『私の弟のイヴ』では、マリーと結婚したイヴが、新居を建てたら、そこにロチのための部屋を用意すると提案し、実際その新居はロチの部屋とともに完成します。[57] イヴの結婚とそこに加わるロチ、ロチの結婚とそこに加わるイヴ、二つのプロットがきれいに対をなしています。『マダム・クリザンテーム』の読者には想像もつかないことですが、『私の弟のイヴ』と『マダム・クリザンテーム』を一種のシリーズとして読む者には、船上の奇妙な提案には合理的な説明が可能なのだとわかります。

ロチが望遠鏡でイヴを窺っていた日の夜、ロチがクリザンテームの家に行くと、そこに上半身裸のイヴがいます。[58] イヴの側からは合理的な説明がなされますが、ロチは裏切られたのではないかと疑います。その夜遅く、シャルル・N…が妻のマダム・ジョンキーユ（ジョンキーユは「水仙」の意味）とともに訪れ、皆で出かけようと誘います。[59] 初め嫌がっていたロチがこの提案を受け入れた理由は書かれていません。おそらく、シャルル・N…と自分の身の上を重ねて同情したのではないかと思われます。シャルル・N…は裏切られた夫だからです。[60] しかし、ロチが、シャルル・N…と自分自身とを重ねて見ているのだとすれば、やはり裏切られた夫なのでしょうか。それとも、裏切られた友人なのでしょうか。ロチはいったい裏切られた夫なのだと考えたくなります。あるいは、ロチのうちに同性愛的な傾向を疑うべきなのでしょうか……

ルネ・ジラールによれば、人は欲望の対象をただストレートに欲望するわけではありません。人にはだれも自分のモデルとする存在がいて、そのモデルとなった者が欲望するものを自分も欲望するのだ、とジラールは考えます。そして、こういう欲望のあり方を「三角形の欲望」と名付けました。[61] ピエール・ロチ、あるいはむしろ海軍士官ジュリアン・ヴィヨーの人生のうちに､私たちはこのような三角形の欲望の典型を見出すことができます。ジュリアンにはギュスターヴという兄がいました。ギュスターヴは海軍医として世界をめぐり、タヒチを訪れ、土地の女を愛します。熱帯性の病に罹りインド洋上で命を落としました。ジュリアンは兄の跡を辿るように、海軍士官となり、タヒチを訪れ、土地の女を愛します。この場合は、兄のギュスターヴがジュリアンのモデルだったということになるわけです。

イヴが選んだクリザンテームについてはどうでしょう。三角形の欲望が、イヴの欲望したクリザンテームをロチに欲望させたのだ、と考えられるでしょうか。イヴはロチのモデルなのでしょうか。イヴは海軍士官でも海軍医でもありません。彼は水兵です。イヴとロチは親友ですが、艦上では、イヴはロチよりも低い身分に位置しています。ジュリアンはギュスターヴの弟でしたが、ロチはイヴの兄的な存在です。ロチはイヴをまもらなければいけません。

ザノーヌは、先ほど触れた同じ論文の中で、ロチとイヴの「双子性（相似性）」について語っています。[62]『私の弟のイヴ』は、アルコール中毒のイヴと、アルコール中毒という水夫の永遠の病からイヴを救い出そうとするロチの物語を語ります。イヴの兄となって弟イヴを絶対に救い出しますと、ロチはイヴの母親に誓います。母親への誓いの中で彼らは「兄弟」となるのですが、「兄弟」はどんどんその情愛を深めながら「双子」のような相似性を示しはじめます。彼らは「互いが互いをモデルにする」かのように、同じ身振りと同じ感じ方を持ち、さらには、同じ夜にお互いの夢を見合うのです。

ロチとイヴの「双子性」は『私の弟のイヴ』に見られるものですが、二人の関係性がそのまま『マダム・クリザンテーム』でもつづいているのだとすれば、二人がともにクリザンテームを愛したとしても不思議ではありません。彼らは互いに互いのモデルなのです。イヴの欲望するクリザンテームをロチが欲望し、ひとりだけクリザンテームに愛されるイヴを、愛されないロチが嫉妬する……

ロチの描く嫉妬の形は、しかし、ひとつには定まりません。三角形もまたひとつの形に描かれることはありません。『マダム・クリザンテーム』では、あまりにも語られないことが多く、語られることも真実か嘘かわかりません。ある時、二人は関係を持ったのかどうかと、ロチはイヴに問いただします[63]。しかし、イヴの答えは読者には曖昧なものです。ロチは、声の調子と顔の表情から、関係はなかったと判断します。この判断を信じていいのかどうかはわかりません。ロチがその後も「見張り」と「覗き」をつづけていることを考えれば、ロチ自身も信じていないようです。

『マダム・クリザンテーム』の嫉妬は、結局は、クリザンテームという空白の上に描かれた不完全な模様に過ぎないと言えるかもしれません。明確な形をとらぬまま、遁走する異邦とともに、物語の沈黙に飲み込まれてしまいます。

キク

ピエール・ロチは、一八八五年の八月十二日に長崎を発って中国に向かいますが、九月十九日にはもう日本に戻ってきています。この時は長崎ではなく、神戸と横浜に停泊していました。二ヶ月ほどの日本滞在で、京都や東京、日光などにも足を伸ばし、その見聞から『秋のジャポヌリー』という紀行文集が生まれています。東京では、赤坂の離宮で開催された菊祭りの折に、皇后美子《はるこ》の姿を見ています。「はるこ」が「春」を連想させ、「皇后プランタン」という文章が書かれました（プランタンは「春」の意味）。皇后が公式の場に伝統的な服装で現れたのはこれが最後といいますから（その後はすべて洋装になる）、歴史的な出来事に居合わせたことになります。

『マダム・クリザンテーム』は、二度目の日本滞在、つまり一八八五年秋の滞在の後に書かれています。作家ピエール・ロチは、小説の主人公ロチよりもずっとよく日本を知っていただろうと思われます。ヒロインをキク（クリザンテーム）と名付けた時、ロチは秋の菊祭りを思い出していたでしょうか。いずれにせよ、菊が日本を象徴する花だと知っていて、この名前を選んだに違いありません。当時の日本ブームによるクリザンテーム（花の方のクリザンテーム）人気も、名前の選択に影響したでしょう。

ロチの『日記』では、クリザンテームのモデルはオカネという名前で出てきます。キクではありません。興味深いのは、『日記』の中に、オカネとはべつに、キクという名前の人物も出てくることです。小説では四一五と番号で呼ばれている人力車の車夫です。「キクさん」は男性の名前でもべつにおかしくはありません。オカネがキクに変わった時、キクさんはキクという名前を奪われたまま、代わりの名前をもらえませんでした。四一五は、小説の中で、私の日本の家族の中でもっとも善良で下心のない人間だった、と書かれています[64]。それならば、代わりの名前ぐらい付けてもよさそうですが、番号でしか呼ばれることはありません。その結果、小説の中では、キクという名をめぐって、四一五とクリザンテームが競合しているような恰好になります（『日記』を読んだ者にしかそれは見えないのですが）。クリザンテームがキクという名前を得たために、四一五はキクという名前を失ったのです。ロチとクリザンテームと四一五……ここにもうひとつの三角形が見つかります。異国の女の物語の陰に、異国の男の物語がひっそりと隠れているのかもしれません。

（注）

1 『マダム・クリザンテーム』は、作者の没年までに二百二十一の版を重ねています（Pierre LOTI, *Voyages*, Robert Laffont, Paris, 1991, p. 82）。

2 Pierre LOTI, *Madame Chrysanthème*, Col. GF Flammarion（以下 *MC* と略す）、Paris, 1990, p. 265 (Annexes).

3 *Ibid.*, pp. 90-91 (XI).（カッコ内のローマ数字は章の番号）

4 ゴッホ書簡 514F.

5 Marcel PROUST, *À la recherche du temps perdu*, tome II, *Le Coté Guermantes*, Gallimard, « Bibliothèque de la Pléiade », Paris, 1988, p. 653.

6 *MC*, pp. 72-73 (IV).

7 *Ibid.*, p. 95 (XII).

8 *Ibid.*, p. 159 (XXXVI).

9 *Ibid.*, p. 85 (IX).

10 *Ibid.*, p. 110 (XX).

11 *Ibid.*, p. 180 (XLIII).

12 *Ibid.*, p. 134 (XXX).

13 *Ibid.*, p. 110 (XX).

14 *Ibid.*, p. 153 (XXXIV).

15 *Ibid.*, p. 113 (XXII).

16 *Ibid.*, p. 86 (X).
17 *Ibid.*, p. 226 (LII).
18 *Ibid.*, p. 184 (XLIV).
19 Félix RÉGAMEY, *Le Cahier rose de Madame Chrysanthème*, Bibliothèque artistique et littéraire, 1894.
（*MC*, pp. 242-248 に抜粋が掲載されています）
20 *MC*, pp.. 247-248 (Annexes).
21 Giacomo PUCCINI, *Madame Butterfly*, Opéra de Marseille / Acte Sud, 1991, p. 15.
22 ロングは一八九八年に、『マダム・バタフライ』の他四編の短編を含む短編小説集を出版していますが、収録されているのはすべて日本に題材をとった作品です。*Japan In American Fiction 1880-1905*, Volume 7, Ganesha Publishing / Edition Synapse, London/Tokyo, 2001.
23 *MC*, p. 45 (Avant-propos).
24 例えば *MC*, p. 81 (VII).
25 *MC*, p. 218 (LI).
26 *Ibid.*, p. 45 (Avant-propos).
27 *Ibid.*, pp. 81-82 (VII).
28 *Ibid.*, p. 82 (VII)
29 *Ibid.*, p. 83 (VIII)
30 *Ibid.*, pp. 108-109 (XX).
31 Marcel PROUST, *op. cit.*, tome III, *La Prisonnière*, p. 578; p. 621; p. 862; p. 888.
32 *Ibid.*, p. 578.
33 *MC*, p. 109 (XX).

34　*Ibid.*, p. 209 (L).
35　*Ibid.*, p. 209 (L).
36　*Ibid.*, p. 109 (XX).
37　*Ibid.*, p. 176-178 (XLII).
38　*Ibid.*, p. 73 (IV).
39　*Ibid.*, p. 85 (IX).
40　*Ibid.*, p. 92 (XI).
41　*Ibid.*, p. 106 (XVIII).
42　*Ibid.*, p. 117 (XXIV).
43　*Ibid.*, p. 217 (LI).
44　*Ibid.*, p. 212 (LI).
45　*Ibid.*, p. 220 (LII).
46　*Ibid.*, p. 228 (LIII).
47　*Ibid.*, p. 219 (LI).
48　*Ibid.*, p. 188 (XLVI).
49　*Ibid.*, p. 45 (Avant-propos).
50　*Ibid.*, p. 131 (XXIX).
51　*Ibid.*, p. 130 (XXIX).
52　*Ibid.*, p. 139 (XXXII); p. 117 (XXIV).
53　*Ibid.*, p. 154 (XXXIV).
54　一八八三年に刊行されたロチの小説。

55 Damien ZANONE, « Bretagne et Japon aux antipodes, Les deux moments d'un même roman d'amour pour Yves: lecture de *Mon frère Yves* et *Madame Chrysanthème* », in *Loti en son temps, Colloque de Paimpol*, Presses unversitaires de Rennes, 1994, p. 107.

56 *MC*, p. 132 (XXIX).

57 Pierre LOTI, *Romans*, Omnibus / Presses de la Cité, 1989, p. 472; p. 517; Damien ZANONE article cité, p. 102.

58 *MC*, p. 188 (XLVI).

59 *Ibid.*, p. 189 (XLVI). 第七章、第三十章では、シャルル・N…はマダム・カンパニュルと結婚していることになっていますが、おそらく作者の勘違い。

60 *Ibid.*, p. 134 (XXX).

61 René GIRARD, *Mensonge romantique et vérité romanesque*, Grasset. Paris, 1961.

62 Damien ZANONE, article cité, p.102-103.

63 *MC*, p. 207 (L).

64 *Ibid.*, p. 229 (LIII).

肉体と言葉

——フランソワ・モーリヤック『テレーズ・デスケルー』における異邦人

福田　耕介

外から来る異邦人

フランソワ・モーリヤックの小説世界における「異邦人」について考える時、最初に目を引かれるのは、文化、宗教、生活環境などを異にする外の世界からやってくる「異邦人」が重要な役割を演じていることであろう。外から来る「異邦人」は、「よそ者」の目で主人公の内面を見通して、当人には見えていない真実を指摘する。たとえば、ユダヤ人である点で、ファビヤン・デゼムリーと文化、宗教を異にする典型的な「異邦人」となっている『悪』のジャック・マインツは、ファニーとの関係に疲れたファビヤンが「彼［＝キリスト］はもう僕の中にはいない。」と洩らすと、キリストがそれどころかファビヤンに取り付いて、彼を「どんな支配からも引き剥がし」(I, 706) ているのだと指摘し、ファビヤンから「僕は苦しんでいる」(I, 707) という告白を引き出している。それに続いて、「彼［＝ファビヤン］が友だちに、自分を打ち明けたのはこれが初めてで、そのことで彼の内面は優しい気持ちに包まれていた。この夜、彼はこのユダヤ人、つまりクレネ人のシモンに出会ったのだ。」(I, 707) と書かれているように、ジャック・マインツは、イエスの十字架を背負ったクレネ人の如くファビヤンの苦しみを軽減しているのであり、『テレーズ・デスケルー』の主任司祭でさえ果たすことのできなかった告解の聞き手となるという使命をいくぶんか遂行しているとまで考えることができるのだ。マインツは、子供時代の敬虔な自分から遠く離れた「異邦人」となってしまったファビヤンを、本来の姿へと連れ戻す導き手となっているのである。

もっとも、「異邦人」の視線が、必ずしも主人公の見失っていた肯定的な要素を明るみに出すとは限らない。『火の河』の中で、ジゼール・ド・プレーリの部屋に入り込んだ現場をヴィルロン夫人に押さえられたダニエル・トラジスは、彼女の表情に嫉妬を読み取って、「今、私はあなたがどんな人間だかわかる。」（I, 540）と言い放つ。ダニエルは遂に最後までヴィルロン夫人を断罪する「下劣な言葉」（I, 540）を口に出しはしないのだが、[2]ほどなく語り手が、「彼［＝ダニエル］には、まだそのことがわからなかった。肉のつながりとは別のつながりが、人と人を結ぶことがあるのだ。」（I, 542）と注釈を付して、ダニエルが二人の女性の間に「肉のつながり」を想定したことを明かしている。ここでは「肉のつながり」が、「危機にある人を救おうとするあの情熱」（I, 542）にすぐさま置き換えられてしまうとはいえ、女性同士の親密な関係は、モーリヤックの最初の小説『鎖につながれた子供』からこの小説家の文学世界を貫く基本的なテーマの一つであり、[3]外から「異邦人」としてジゼールとヴィルロン夫人の関係を見たダニエルの視線は、この時点でまだ作者の語り得ない作中人物の入り組んだ心理までも見通していたと考えることが許されるだろう。

同様の場面は、晩年の作品『仔羊』の中でも繰り返される。既に別の拙論において述べたように、[4] 眠っている少年ロランを見つめて、身代わりになるという敬虔な感情に満たされていたはずのグザヴィエが、不意に部屋に入ってきたジャン・ド・ミルベルから、「この部屋で何をしているのだ。」と詰問され、そればかりか「もちろん君は気が付いていないのさ。だが君とあの子供とを別々にすべき時が来たのだ。君はそのことを認めたくないのだ。そうさ、崇高なことによる逃避、最悪のことを最善のことでカムフラージュすることの、君は最たる例さ。幸いなことに、君を救うために俺がいたって訳さ。」(IV, 558) という断罪を受けるのである。もはや語り手の検閲の作動することもなく、外から見る「異邦人」ジャンの指摘が、そのままグザヴィエの聖性に影を落として、グザヴィエを引き裂かれたモーリヤック的主人公の次元に引き留めることになっているのだ。

もう一つ、同性愛的、少年愛的傾向以外の例を付け加えるなら、『失われしもの』においても、夫としてトータの生活に入ってきたマルセルが、弟のアランに対する妻の感情に疑いを抱いて、「お前も私の言うことがわかっているのだ。私が話している間、頭を振って否定しているのだから。私が今日、お前に明かしていることをお前が意識していなかった可能性はあるが。」(II, 355-356) と語り、「彼女［＝トータ］が一度も定義したことのないあの混沌とした感情」(II, 358) を名指して、逆にトータにそれを自覚させる結果を招いている。

近親相姦的な感情に関しても、当人たちが目を逸らす「混沌」をよそから来た「異邦人」が見通すという図式は生きているのだ。モーリヤック自身は、一九五一年になってようやく、ファヤール版『全集』第V巻の「序文」の中に、「密かな近親相姦的な愛情」という、「自分の作品を流れているこのテーマには私自身が驚いている」(III, 925) と記すのだが、彼の作品には、既に作者よりも先にそれを看破した「異邦人」たちが棲息しているのである。

内に潜む「異邦人」

モーリヤックの小説世界では、「異邦人」は外から来るばかりでなく、主人公の内面にも潜伏している。主人公自身の理解の及ばないことも多いこの未知の自分が表情に洩れ出るなら、それが周囲の親近者にとっても全く見知らぬ「異邦人」の顔となるのである。外から来る「異邦人」の見通す心の闇には、既に見たように「近親相姦的な愛情」などの性的な欲望の潜んでいることが多いのだが、この内面に潜む「異邦人」を形作る第一の要素もまた、大抵の場合、性的な次元にある。敬虔な子供時代に安住していたモーリヤックの主人公が成長して自身の肉体の変化と直面せざるを得なくなった時、子供の中に覚醒する大人の肉体が、本人にとって未知の「異邦人」であると同時に、それを見つめる周囲の人間にとっても、困惑を誘う「異邦人」となるのだ。

『悪』のデゼムリー夫人はそうした困惑が回避できるものであるかのように、「敬虔な習慣の網」（I, 649）で息子たちの生活を包み込み、「唯一の異邦人」（I, 649）であるファニー以外のあらゆる「異邦人」を締め出した閉ざされた空間を構築して、子供を性愛からでき得る限り隔離しようとする。「決して彼女はファビヤンがこの世に生を享ける前に亡くなった彼らの父親について息子たちには話さなかった。」（I, 649）とあるように、デゼムリー夫人は、息子たちの誕生に与った父親さえ、「異邦人」として彼女の敬虔な網から排除しようとしている。『醜い子』のポールが、息子のギョームのことを、性行為という「贖い得ない罪」（IV, 373）の相手である父親に似ているというだけの理由で憎み続けたように、おそらくデゼムリー夫人もまた子供の誕生の根源に性行為のあった事実を拭い去ろうとしているのである。

だが、彼女の懸命の努力も、ファビヤンが思春期を迎え、「かすかに花開き始めた彼の身体」に「亡くなった父親」の「農民的ながっしりとした骨格」が現れ、息子たちが「かわいそうな父さんの仕草」（I, 649）を示し始めるに至って灰燼に帰す。この部分における父親への言及は、草稿においていっそう明確であり、「僕たち［＝ファビヤンと兄］は父のように緩慢であり、見た感じではどんな外の権威にも従順であったが、奥底は近付き難く、摑み難かった。」（I, 1248）となっている。母親にも近付くことのできない、父譲りのこの「奥底」に、「未知の熱情」（I, 655）が宿り、ファビヤンは、遂には母の秩序の外へと彷徨い出して、イタリアの地に文字通り「異邦人」となるのだ。ファビヤンは彷徨の果てにヴェニスにおいてファニーの愛人となる。デゼムリー夫人が「敬虔な習慣の網」の外に隔離しようとした父親の血がファビヤンを内面から駆り立てて、やはり彼女の正視できない感情の対象だったファニーへと引き寄せていったことになるのである。欲望に流されるファビヤンは、既にジャック・マインツとの関係において述べたように、彼の本来の姿からかけ離れた「異邦人」であるばかりでなく、母親に対しても、彼女の抑圧していた欲望を見紛うことのない形で具現して突きつける「異邦人」となっているのだ。

『愛の砂漠』では、マリア・クロスへの愛を諦めて、「今晩からリュシー［＝妻］を幸福にするのだ。」と考えて家に戻ったクレージュ医師が、息子のレモンを見て「彼がこの世に生を授けたこの異邦人が開花し、突然春を迎えていることを意識し」（I, 788）ている。ファビヤンの中には父の血が目覚めたのに対し、レモンの中に開花したのは祖父の血である。「何と驚くほど憐れな父に似ていることか！」（I, 789）と医師が目を見張るのだが、医師の父とは七十歳近くまで女性のために財産を蕩尽した遊蕩者であり、その血が自分を通り越して息子へと遺伝したことを、医師は苦い思いで認めざるを得ないのだ。そして、ファビヤンが母親の抑圧された欲望の具現となるように、レモンもまた父親のマリア・クロスへの思いを代行する形で行動に移すのだが、マリアがファニーの類型ではなく、デゼムリー夫人のようにレモンの中に子供の面影を見続けようとする女性であったために、「異邦人」の目覚めは、逆にレモンを欲望の達成から遠ざける結果に終わるのである。内の「異邦人」の胎動が子供の無垢を殺すものとなっていることは、『テレーズ・デスケルー』を読み解く鍵ともなっている。

テレーズ・デスケルーの異邦人の顔

『テレーズ・デスケルー』の中でテレーズが垣間見せる「異邦人」の顔もまた、結婚式の日に彼女の肉体が被ることになる汚れを思った時や、アンヌの幸福に嫉妬した時などの、性愛や秘められた欲望を契機として露になる。テレーズが最初に「異邦人」の顔を曝すのも、ベルナールとの結婚式の日である。「『おそらくいつも美しい訳ではないが、魅力そのものである』新婦が、その日は、みんなの目に、醜くぞっとするようにさえ見えた」（37）と書かれ、さらに次のように続いている。

> 「彼女のようではなかった。別の人のようだった。」人々は単に彼女が普段の外観とは違っていることを見ただけだった。彼らは白い化粧や暑さのせいにした。彼らには彼女の本当の顔がわからなかったのだ。（37）

「本当の顔」を曝したテレーズは、彼女をよく知った周囲の人の目に「別の人」となるほどに「異邦人」であるのだが、この「本当の顔」はファビヤンやレモンのように遺伝という観点から説明されることもなく、ただ普段のテレーズの湛える「魅力」の欠如として提示されるに留まっている。そもそもテレーズの「魅力」自体が、別の拙論で触れたように「微笑」以上に細かく描かれることがないのであり、[5]彼女をよく知っている周囲の人間たちの目の中にのみ存する「魅力」同様、「本当の顔」もまた、その「魅力」の欠落として、彼女を知る者の目の中にのみ映じているのだ。換言するなら、テレーズの「本当の顔」は、一般の読者に対しては「魅力」というテレーズの社会的な仮面の剥落した後に残る空白として表れるばかりなのである。

それでも、結婚式の記述から、肉体関係を予感するだけでテレーズがどうして「異邦人」の相貌を人前に曝さねばならなかったのか、その原因を探ることは不可能ではない。テレーズは、アンヌの無邪気な顔を見て、「彼女［＝テレーズ］の純真な体が被ろうとしている取り返しのつかないこと」によって、「汚れのない人たち」(37)の側に留まるアンヌと自分とが決定的に隔てられてしまうことを突如として強く認識するのだが、この発見が容貌を一変させるほどの衝撃をテレーズに与えるのが、結婚式の後に起こることのためばかりではないことを看過してはなるまい。「彼女は何秒かの間に、彼女の心のあの暗い力と白粉まみれのかわいい顔の間に無限の不釣合いのあることを発見した。」(37)と書かれている。大事なのは、性行為によって汚される肉体と「汚れのない」肉体とではなく、テレーズの心とアンヌの顔とがここで比較されていることであり、比較の対象が、肉体と肉体ではなく、精神と肉体へとずれていることなのだ。つまり、肉体の被る性行為の問題化する以前から、既にテレーズの心とアンヌの肉体の間に「無限の不釣合い」のあったことを、結婚式の日に、テレーズは突如として理解しているのである。

それでは、以前から彼女をアンヌから隔てていて、結婚を機に明確に意識された「彼女の心のあの暗い力」とはいったい何なのか。この「暗い力」が、「何よりも無知からできていた」(29)アンヌの無垢の対極に位置付けられていることからすると、それは、結婚を急ぐことで「無知」ではない彼女の心が結婚に付随してやってくる性行為を予め容認していたことを指していると考えられるだろう。それが既にアンヌと幸福な時間を過ごしていたテレーズの中に巣食っていたからこそ、テレーズは「少しでも身動きをしたら」(33)ならなかったのであり、またアンヌが雲の中に見る「翼の生えた女性」はテレーズが見ようとすると、「寝そべった奇妙な獣」(33)へと変貌してしまうのであり、とりわけアンヌを見つめるテレーズの視線は、「いつになったらそんな風に私を見るのをやめてくれるの。」(96)とアンヌを苛立たせる感情によって澱んでいたのだ。我々の中に埋もれていた性向が突如、我々が成年に達した時に「その怪物的な花」(I, 846)を咲かせることがあるという『愛の砂漠』の一節を引用して、そうした発見をモーリヤック自身もしたことが、『テレーズ・デスケルー』の執筆の背景にあるとジャン・トゥゾーが指摘しているが[6]、結婚式のテレーズの意識する「暗い力」は、まさにその発見に通じていると考えることができるだろう。

その発見によってテレーズの曝す「異邦人」の顔が、もはや遺伝の観点から容易に説明のつかない、空白とならざるを得ないのも、その背後に潜む性を巡る欲望が、はるかに複雑なものとなっているからであるに違いない。『テレーズ・デスケルー』の冒頭で、「人々の前で、腐敗した手足を切り棄て、それを否定すること」(80)を免れて、家族の手助けで免訴を得て秋の夕暮れの中を歩き始めたテレーズは、「ベルナールの許での生活を可能にする」ために「告解の準備をする」(26)ことを決意し、自分の中に巣食う(ジャン=リュック・バレの表現を借りるなら)「自分が所属している種族にとっての異邦人」[7]を理解し得るものにして、再び家族の一員として暮らしていくことを望むのだが、そのために彼女は、この錯綜した欲望の隘路の中を踏み迷わざるを得なくなるのである。

アンヌとの幸福な時間における肉体

「ベルナールの許での生活を可能にする」ために、過去を明るみに出すと決めたテレーズは、先ず最初に「もしはっきりと理解したいなら」アンヌと過した「あの美しい夏の日々」へ遡らなければならないと「ようやく動き始める列車の中で」(29) 認識する。ところが、「もうユゼストだ。」(29) と次の駅に着くまでの時間をテレーズはほとんど何も回想できずにやり過ごしてしまう。少なくともテキスト中には、プレイヤッド版で約十二行の間に、語り手の言葉と取る方がむしろ自然な漠然とした一般論の想起されているばかりである。とうとう着後に「サン=クレール駅だ。」(72) と駅が見えてから、「サン=クレール駅だ。着いた。」(74) と実際に列車が駅に着くまでのわずかな時間に、夫に毒を盛っていた頃のことを駆け足で回想する能力を持つテレーズにとって、列車の一駅進むだけの時間が、何も回想することができない程に短過ぎたはずはない。じじつ、テレーズは、列車がユゼスト駅に着く時には、「何という疲労！　為されてしまったことの秘密の動機を見つけたところで何になろう。」(29) と、折角思いついた「告解」の試みの意義を疑うほどの深い疲労に捕らわれているのであり、そこからテキスト中にはっきりとした回想の示されない間も、テレーズがアンヌの記憶に踏み込もうとした時に覚える心理的抵抗と葛藤していたことが明らかになるのだ。

　往時のアンヌがテレーズの心に大きな比重を占めているのは、この少女と過ごしたかつての夏の日々の時間に、テレーズの唯一の幸福が宿っているためであるのに相違ない。Ⅲ章に移ってアルジュルーズやベルナールの一般的な描写の為された後にようやくアンヌとの夏休みを回想し始めたテレーズは、実際にそれを生きていた時にはわからなかったのだが、その時間が彼女の幸福、喜びの「この世における唯一の取り分」(32)であったとまで考えている。そればかりか、その時の自転車に乗ったアンヌの姿を、「告解の準備」を断念する直前にテレーズが「力尽きた心を休めるために、過ぎ去った日々に見出す全てのもの」(75)として再び思い描いているように、それは事件を経たテレーズにとっても、依然として休息を見出し得る唯一の思い出であり続けているのだ。

　それでは、自然と蘇ってくる幸福なイメージの、どこにテレーズを疲弊させ「告解の準備」を放棄する衝動を抱かせるほどの闇が潜んでいるのか。確かに、テレーズの言葉が、深部に踏み込むことはないのだが、それでもテキストに残された言葉から、既に前掲の『秩序と冒険』の中で触れたように、[8] テレーズをアンヌに引き付けたのが、アンヌの知性ではなく、肉体であり、『良心、神聖な本能』で「あの表現しようのない一致、私の血のリズムと合致する他人の血のあのリズムほど価値のあるものはない」（II, 11）と言われているような、肉体の感触に重きを置いていたことを読み取ることは可能だ。

さらにそこでは論じ切れなかったこととしてここで改めて考えてみたいのは、自ずと蘇ってくる「幸福」の記憶に休息を覚える一方で、説明する目的でその時のことを回想しようとすると深い疲労に捕らわれるという矛盾の生じるのも、アンヌとの「幸福」の記憶がテレーズの「知性」にではなく、「肉体」に残っているためではないか、ということである。たとえば、「告解の準備」の最初の方で自転車に乗ったアンヌの姿が蘇った時に、彼女の「火照った顔」（32）が想起されているが、それは、「告解の準備」を断念した時にも「若い「ふたりの」娘たちの火照った頬」（75）として再び蘇ってきている。後者を突き合わせることで明らかになるように、テレーズの見つめるアンヌの「火照った頬」はテレーズ自身も共有し、体感していた肉体の感覚なのである。だが、肉体の感覚を夫に宛てた言葉にしようとすると、「盲目の種族、単純な人間という冷酷な種族に属している」（34）ベルナールに性的なことが問題なのではないか、という誤解を与える可能性が生じてしまうのだ。

しかも、この誤解の可能性は、アンヌと過ごした夏の日々において、「このように、少しでも身動きをしたら、自分たちの形のない貞淑な幸福が逃げ去ってしまっただろうと彼女たちには思われたのだ。」（33）と書かれているように、テレーズ自身の十分に意識していたものに外ならなかった。肉体の感覚は、「火照った頬」のように意図せずに共有されなければならなかったのであり、意図的な肉体の仕草は、すぐさま同性愛とまではいかないにしても、少なくとも幸福を堕落させてしまうものと感じ取られていたのだ。最初にニザンの駅で蘇ってくるアンヌに関する記憶の中で使われている、「腰に手を回し合いながら」、「ふたりの混ざり合った長い影」（27）という表現からも、自然な動きの中でテレーズの肉体に残ったアンヌの肉体の感触が伝わってくる。この幸福の危うさに、「最も純粋な感情と最も罪深い感情との間にあるのは、深淵ではなく感じられないくらいの〈傾斜〉、入り組んだ隘路や小道である」（941）と草稿で言われていた内の、「最も罪深い感情」の可能性が潜んでいるのである。

「とても小さな口を歪めて」（32）クララ伯母に話しかけるアンヌの姿をテレーズが思い出している部分もまた、「互いに言うことは何もない。どんな言葉もない。」（33）というふたりの関係において、「言葉」ではなく「肉体」がテレーズにとって重要であったことの一つの例解となっている。この「小さな口」の想起される場面では、アンヌの「無駄な挨拶の言葉」に対して、こっそりと笑い出さずにはいられないほどに「伯母はでたらめな返事をしていた」（32）のであり、アンヌとクララ伯母の間にコミュニケーションは成り立っていない。つまり歪められたアンヌの「とても小さな口」は意思疎通の道具としてではなく、ただその形態の、おそらくはかわいらしさのために凝視されていたのである。何よりも発話という機能を離れた「肉体」の形態が、テレーズの記憶に刻まれて残っているのだ。

さらにまた、テレーズがアンヌと過した「容赦のない夏の最中の暗い居間」の時間の中で、「膝を寄せて写真のアルバムを支えているアンヌの傍らの、赤い畝織のソファーの上に」(32)彼女の幸福があったと書かれていることにも着目してみよう。ここでも肉体としてアンヌの寄せた膝がテレーズの記憶に残っているのだが、テレーズの言葉は、「空の火が薄闇の中に立てこもる人々を攻囲するあの午後の間一緒にいること」(33)の幸福を強調するだけでそれ以上踏み込まずに通り過ぎていく。それにもかかわらず、ここで敢えて膝が注視されていると考えてみたいのは、新婚旅行中のテレーズがパリのホテルでアンヌのジャン・アゼヴェドに対する恋を知った時に、「テレーズが昔、ふたりの孤独な夏休みの間に、彼女の両膝の上に眠る頭を見つめていたのは、亡霊に過ぎなかったのだ。」(43)と、自分の膝の上でアンヌの眠っていたことを思い出しているからである。自分の膝の上で眠るアンヌの記憶の上に、アルバムを乗せていた同じ時期のアンヌの膝をテレーズが記憶している点を重ね合わせてみると、アルバムの代わりにその膝に自分が頭を乗せることをテレーズが夢想していることが見えてこないだろうか。「火照った頬」の感覚を共有していたように、膝の上に頭を乗せる感覚を共有する願望をテレーズは漠然と抱いていたのではないか。もちろん、そう望んでいたとしても、「あなたと同じくらい無垢であるために、私にはそんなリボンやそんな決まり文句は必要ないのよ。」(29)とアンヌを見下す姿勢を崩さなかったテレーズにとって、膝の上に頭を乗せたいなどと頼むことは不可能だったに違いないのだ。

いずれにしても、膝に頭を乗せて眠る仕草は、二人の同性愛を思わせるというよりは、母親の膝に頭を乗せて眠る子供の仕草に近いと言えるだろう。アゼヴェドに対して激しい恋愛感情を抱いたアンヌの対極にある存在として、自分の膝の上に眠るアンヌが「亡霊」として思い出されているのも、テレーズが眠るアンヌに子供らしさを見ていたためであるに違いない。さらにこの仕草は、テレーズが妊娠した時に、テレーズの腹にアンヌが頭を押し付ける仕草にも通じている。結婚して母となる道を選ぶテレーズが、母親的な視点から子供のままのアンヌを見つめているのであり、ここに今度は、草稿に言われていた「最も純粋な感情」の可能性が浮かび上がってくるのである。

このこととの関係で見落としてはならないのは、テレーズの奔走によってアンヌがジャン・アゼヴェドとの関係を断たれた時、テレーズとアンヌとを結ぶ絆が、母性愛だけとなっていることである。「もっと自由に赤ん坊の部屋に入るために、彼女[＝アンヌ]はテレーズと仲直りした。昔の愛情は、仕草と親しげな呼び名以外には何も残っていなかったが。」（69）とあるように、アンヌはマリの面倒を見るために、テレーズと仲直りをする。アンヌがアゼヴェドと体験した「幸福」を壊した結果として、テレーズがアンヌにもたらした運命は、テレーズとは違って結婚という汚れを経ずに、「小さな母親」となることだったのである。じじつ、ラ・トラーヴ夫人に「絶対によい小さなお母さんになりますよ。」（69）と請合わせた程に、アンヌは周囲に母性を感じさせる少女だったのであり、母親を知らないテレーズが少女時代からアンヌのその資質を感じ取って、そこに甘えたいと考えていたということは、十分に考えられることであろう。自分の娘であるマリの世話を任せることを介して、実際にテレーズはアンヌの母性に頼ることにもなっているのである。

　ただそのことがはっきりと表われ出るには、『夜の終り』の結末まで待たなければならない。これもまた拙論『秩序と冒険』において述べたことであるが、[9]「四十五歳になって、テレーズは、闇の敷居で、女中［＝アンナ］の存在が安心させ、宥める小さな少女へと返る。」（III, 114）のである。テレーズがようやく子供へと返った時、傍らにいる母親的存在はアンヌではなくてアンナであるが、名前の類似は「母性愛」を花開かせたアンヌを連想させるためであると考えて間違いないだろう。ここから振り返ることで、母親的に子供のアンヌを見るテレーズの視線に、子供として母性的なアンヌに甘えたいと考えるテレーズの密かな願望をより明確に透かして見ることが可能になる。アンヌの肉体の脈動を感じた時に自分を満たす、母性愛と子供の無垢に通じるこの感情に、自分の生まれた時に母を失って、母胎の中でじっとしていた時にしか母性愛を知らなかったテレーズの言葉は、光を照射することができずにいるのである。

婚約期を巡る肉体と言葉

アンヌと過した夏の日々において、自転車でアンヌが立ち去るのを見送って家に戻ったテレーズの感じる、「この不安は一体何だろう。本も読みたくない。何も欲しくない。」(34)という不安からは、アンヌの存在の大きさ以上に、アンヌが立ち去るとテレーズには深い孤独しか残されていないことが浮かび上がってくる。娘に冷淡だった父親と彼女が生まれた時に亡くなった母親の不在とは、テレーズの自覚する以上に彼女の心理に影を落としているのだ。そこから、結婚して夫と暮らすことをテレーズが望んだのも自然なこととして理解されるのであり、テレーズの回想もまたそのことに呼応するかのように、アンヌから結婚へと推移していく。

ベルナール、ベルナール、この混沌とした世界にどうやってあなたを導き入れたらよいのか。盲目の種族、単純な人間という冷酷な種族に属しているあなたを。「だけど」とテレーズは考える。「最初の言葉からすぐに、彼は私に訊ねるだろう。『どうして私と結婚したのだ。私はお前を追い回したりはしなかったのだが。』」（34）

ただ、ここで見落としてはならないのは、結婚した理由を訊ねてくるはずだという想定されたベルナールの問い掛けによって、「混沌とした世界」から逃げるかのように、回想が結婚の動機へと移っている点である。「混沌とした世界」に直面して躊躇ったテレーズは、ベルナールには理解できないだろうという口実で、彼が訊ねてくるに違いない結婚の動機へと照準をずらしてしまうのだ。「告解」の全体は、アルジュルーズに到着してベルナールと対面した時にテレーズが認めているように、「彼女を理解し、理解しようとすることのできる人間にベルナールを作り直すこと」（76）によって支えられていたのだが、要の部分においては、むしろ逆にベルナールの無理解を論拠に「告解」を座礁させかねない困難を巧みに回避し、「告解」の延命が図られているのである。ジョルジュ・ムーナンが、「小説自体が『どのように』の道筋は綿密に描写するのだが、『どうして』が問題になるや否や、意味深いことに、突然話題が変わるのである。」[10]と指摘しているが、このベルナールの問いかけとして想定された「どうして」に関しては、テレーズは易々とその「道筋」を描き出していく。それに対して、「この不安は一体何だろう」という自身に向けた問いかけには、答えの与えられることはないのだ。

もっとも、結婚の動機に関しても、「自分でもよくわからなかった危機に対して安心したかったのだ」(35)と語られながら、テレーズは「自分でもよく分からない」危機は「よく分からない」ままにして、それ以上「危機」の中身には踏み込もうとしない。そしてそのまま、ベルナールが婚約者として彼女の生活に入ってきたことで、「テレーズは一度もこのような平穏を味わったことはなかった」(36)という形で、テレーズの「平穏」へと話が移行するのである。

この平穏をもたらしたのもまた、アンヌの時と同じように、「言葉」ではなく、「肉体」である。ベルナールの「まだここにいくつか誤った考えがあるね。」という言葉にテレーズが「ベルナール、あなたがそれを打ち壊してくれるのよ。」(36)と答える時に、ベルナールの「大きな両手が彼女の小さな頭を包み込んでいた」ことを見落としてはならない。テレーズが頭をベルナールの両手に委ねるこの瞬間は、『テレーズ・デスケルー』全体を通して、ベルナールとの肉体的接触がテレーズの「平穏」に繋がる唯一の特権的瞬間となっている。ベルナールとの関係においても、「誤った考え」を『打ち壊してくれる」ものは、言葉による議論なのではなく、包み込む肉体なのである。おそらくはこの記憶があったからこそ、アルジュルーズに近づいて「告解の準備」を断念した時に、「弁解のために言うことは何もない。」（74）と、言葉の無力を悟っていたテレーズが、「それでも何も訊かずに彼が両腕を広げてくれたなら。」（75）と考えてベルナールの両腕に包まれることを望むことになるのだ。再び広げた両腕の中に包まれ、「平穏」だった婚約時代を再出発点とすることが、ベルナールとの生活に関してテレーズの望み得る唯一のことだったのである。

だが、「ベルナールの許での生活」を可能にすることを望んでいながら、「彼女の中の爬虫類」を「半睡、冬眠状態」（36）に置く力のあったこの婚約の時間に、アンヌと「幸福」だった時期との共通点を探ることもないまま、いよいよテレーズは「結婚」という敷居を越えた時に姿を現した様々な「異邦人」たちと向き合わねばならないのである。

ベルナールの中の異邦人

結婚式の日にテレーズが、「自分自身に似ていなかった Elle ne se ressemblait pas」（前に引用した時には「彼女とは思えなかった」と訳した部分）「異邦人」となることを既に取り上げたが、結婚式に続く夜々に、今度はベルナールが「彼に似ていない怪物 un monstre qui ne lui ressemble pas」（次の引用中では、「似ても似つかない怪物」と訳した部分）へと変貌する。

かわいそうなベルナール——他の男よりも悪い訳ではない。だが、我々に近づいてくる存在を欲望が似ても似つかない怪物に変えてしまう。何にも増して、相手の錯乱が相手と我々とを隔てるのだ。私はいつもベルナールが快楽に沈んでいくのを見た。——そして私はこの狂人、この癲癇患者が、少しでも身動きしたら私を絞め殺す危険があるかのように、死んだ振りをしていた。（38）

ふたりともに普段の自分の姿と似ていないことが奇異に映っている点と、性的な事柄が変貌の契機となっている点は共通しているのだが、テレーズが、衆目を集めている晴れの席で素顔を覗かせたのに対し、「他の男よりも悪い訳ではな」いベルナールの方は、新婚のベッドで欲望に身を任せたに過ぎない点は大きな違いとなっている。ベルナールの変貌は、草稿1に、「男は皆、こんなものだ」（951）と言われていたように、社会生活の外で社会で見せているのとは違う顔を見せただけであり、変貌自体は社会の常識の範囲に収まっていると考えられるのだが、テレーズにはそれが夫に「怪物」を見るほどに異常な、到底容認することのできないこととなるのだ。そこから「彼をベッドの外に、闇の中に突き落としてしまうこと」(45)という衝動が生じることにもなるのである。性行為の相手としての夫の肉体を消し去ろうとする点で、テレーズは既に見た『悪』のデゼムリー夫人や『醜い子』のポールと同じ範疇に入る女性作中人物となっているのだ。

それにしても、結婚を受け入れた時点である程度予測していたはずの夫との性行為が、テレーズにとって殺意を抱くまでに耐え難いこととなるのはなぜなのだろうか。新婚の夜に関するテレーズの特徴は、ベルナールが快楽に浸って素顔を曝す時にも、彼女の方は平常と同じ「仮面」を肉体に課そうとしているところにある。テレーズは快楽の場においてもそれ以外の振る舞い方を知らないのだ。そして最初の内は、困難だとされる肉体の演技に興じることで、「苦い快楽」を感じ、「可能な幸福」(38)を漠然と想像することができたのだが、快楽の演技を続けられなくなった時には、演技以外の生き方を持たないために、「死んだ振り」をする外なくなるのである。死を演じているという意味では、演技という彼女の生き方が残存しているとはいえ、実際には、「死んだ振り」をするテレーズは、「彼［＝ベルナール］が突如として自分が孤独であることを発見する」(38)ように導く程に快楽とは無縁の自分の姿をほとんどそのまま曝しているのであり、「演技」の度合いも限りなくゼロに近付いていると言うことができるだろう。じじつ、「歯を食いしばり」(39)と描写される新婚のベッドのテレーズの顔は、「彼女は歯を食いしばっているのをやめて唾を飲み込む努力をしなければならなかった。」(42) と彼女がひとりでアンヌの手紙を読んで素顔を曝した時の描写と一致しており、テレーズの「死んだ振り」がほとんど素顔の状態であったことの裏付けとなっている。

だとするならば、快楽に耽る夫ばかりでなく、テレーズもまたありのままの姿を曝している夜のベッドは、唯一夫婦が素顔で対面する時間となっていることになるのだ。しかもこの時ばかりは、素顔を曝したテレーズを、レストランの食事の時のように「そんな顔をしないで。自分の顔を見てごらん。」(44) と諭す訳にもいかず、草稿1に言われている「分別のある男は先ず妻を愛人に仕立て上げなければならない」(951) という義務を果たすことのできない自分の未熟さの結果として、醒めたテレーズの顔をベルナールも甘んじて引き受けざるを得ないのである。この素顔の対面は、どこまでも、快楽においてさえも社会的な「仮面」を自らに課して生きようとするテレーズにとって、文字通り「死」を強要された時間なのであり、それこそがテレーズの何よりも耐え難かったことだと考えられるのだ。

このこととの関連で看過してはならないのは、ベルナールには性に関しても勉強している社会的な部分があり、その部分に対してはテレーズも通常の応対をすることができた点である。

彼は、「若い豚のように」急いでいて忙しげで、真面目な様子だった。彼は理詰めだった。「あなたは本当にそれが賢いことだと思っているの。」テレーズは唖然として、時折ついそう言ってしまうことがあった。彼は笑って、彼女を安心させた。彼はどこで肉体に関することを全て分類することを習ったのか――名誉ある男性の愛撫とサドな男性の愛撫とを区別することを。(38)

ここではベルナールは、テレーズが日常の風物からの類推によって捉えられる「若い豚」に留まっていて、「怪物」とまではなっていない。それは、『悪』の重要なテーマの一つでもある「許された愛撫」(I, 699)[11]を勉強した社会的な顔をベルナールが失っていないためであり、その時彼女は夫を揶揄するという彼女本来の才気を十全に発揮することができるのである。社会性を失わなければ、性もテレーズにとってタブーとはならないのだ。

さらに草稿に目を移すと、この「愛撫」の区別ということに、草稿段階のテレーズが大きな期待をかけていて、それが結婚の動機の一つとなっていたことが見えてくる。草稿1では、「結婚以前の彼女を怖気づかせた内面の「パニック」が、「彼女が自分の中にうごめいているのを感じる、汚れたもの全て」、「未知の獣のこのひしめき」、「まだ蕩尽されていないこの力」(947) を前にした「パニック」であると、決定稿よりも具体的に書かれていて、テレーズの不安が決して形而上的なものではなく、性的な目覚めという肉体の次元にあることを強く感じさせていた。さらに草稿2を見てみよう。

彼女は、身を固め、家族のブロックに嵌り込むのだ。彼女が秩序の中に入るのであり、彼女の存在の暗い部分は全て、この秩序の外に残るのだ。彼女がそれを知ることはないだろう。彼女には考えることさえ禁じられた領域。ベルナールが、彼女には最も確かな導き手であると思われた。彼は素晴らしいこと、崇高なことと、怪物的で汚れたこととを区別することができた。(948)

「愛撫」という言葉こそ使われていないとはいえ、ここからは、決定稿では「名誉ある男性の愛撫とサド的な男性の愛撫」とを区別するベルナールを揶揄していたテレーズが、草稿においてはむしろベルナールのこの区別する力に期待をかけていたことが明らかになる。彼女は結婚によって自分の中に予感されていた「怪物的で汚れたこと」が、彼女の入る家族の秩序の外に切り離されて残ることを望んでいたのだ。決定稿においてもテレーズの中に結婚を急いだ時点で肉体関係を容認する「暗い力」があったと既に述べたが、ベルナールが「怪物的で汚れたこと」ではないものとして容認する愛撫であるという条件付きで、テレーズにとってある程度受け入れる覚悟が可能になったのだと思われるのである。

　つまり草稿を視野に入れると、外に取り残されるはずの「怪物的」なことが、あろうことかベッドの中のベルナールの上に現出し、毎晩それと対面することを余儀なくされたところに、テレーズの最大の誤算のあったことが、はっきりと見えてくるのである。「怪物」は「理詰め méthodique」に愛撫に取り組むベルナールとして、夫の秩序の中に組み込まれていたのであるが、テレーズにとってそれが目をそむけたかった「怪物」であることに変わりはなく、毎晩のように「怪物」と対面することで、彼女が切り離したかった自分の中の「暗い力」もまた逆に呼び覚まされてしまうのだ。闇の中のベルナールが、テレーズの心の闇の中の爬虫類に触れ、それを目覚めさせるのである。そして、「暗い力」は当然の如く、目の前の「怪物」に感応しそれを標的とすることになるのだ。素顔の対面とは、この「異邦人」同士の衝突に外ならないのである。

　その時、何よりもベルナールの肉体がテレーズの殺意の対象となるのも、もちろん理由のないことではない。新婚旅行の夜のベッドでは、眠っているはずのベルナールの「この大きな燃えるような体」(45)が、ベルナールの意志とは無関係な自立した運動によって、テレーズの体に接近してきて彼女の眠りを妨げる。また、食事に関しても、ブローニュの森のレストランでは、「ベルナールのがっしりした体」(42)がテレーズの視線をさえぎり、

「こめかみの筋肉」(43) などの微細な肉体の動きまでもテレーズの視線に焼付けているし、アルジュルーズに帰ってからも食事を反芻する音によってテレーズを圧迫している。

機械的な仕草で、アンヌはスプーンを口に近づけた。目には全く光がなかった。この不在者の他には何も、誰も彼女にとって存在していなかった。ヒースの小屋でジャン・アゼヴェドの力の強すぎる手が彼女のブラウスを少し引き裂いたときに聞いた言葉を、受けた愛撫を思い出して時々微笑が彼女の唇に漂った。テレーズは、皿の上に屈み込んだベルナールの上半身を眺めた。彼は逆光の位置に座っていたので顔は見えなかったが、聖なる食物をゆっくりと反芻するあの音が聞こえていた。彼女はテーブルを離れた。(50)

ここではテレーズの目から、不在のジャン・アゼヴェドを思って食事も喉を通らずに、肉体が衰弱していくアンヌと、旺盛な食欲で食物を「反芻する」ベルナールとが見比べられている。とりわけ重要なのは、アンヌの肉体の衰弱がテレーズに幸福と映じ、ベルナールの肉体の立てる音がテレーズを食卓から遠ざけていることである。後に取り上げるアルジュルーズで衰弱するテレーズの肉体も、アンヌの衰弱の延長線上に位置付けることができるだろう。

そこに、肉体にはテレーズに幸福をもたらす可能性があるにもかかわらず、どうしてベルナールの肉体が徹底して嫌悪の対象になるのかを解明する手掛かりがある。テレーズを圧迫するベルナールの肉体は、性欲を始めとして、睡眠欲、食欲という肉体の基本的な欲求を、ほとんど自立した生物のように満たしている肉体であるばかりでなく、テレーズに対してはそれらの欲求を満たすことを不可能にする肉体となっているのだ。回想中に何度もベルナールは他の男よりも悪い訳ではないとテレーズは夫の長所を強調するが、そのことがベルナールのイメージを実際には全く改善しないのも、テレーズの嫌悪するベルナールが何よりも肉体的な存在として、テレーズの肉体に働きかけてくるためだったのである。具体的に「彼の恰幅の良い体」（69）や「鼻にかかった声」（70）として表われ出るベルナールの自己満足は、精神の次元に留まらない、文字通りに自らの欲求を満たす肉体の自己満足となっているのだ。

テレーズの中の「怪物」と他者の肉体との関係を示す好対照な例が、テレーズが服毒自殺を考える場面に現れる。「自分は怪物なのだから」（84）子供を道連れにすることだってできると考えて、彼女がマリの眠る部屋に入った場面である。

彼女は跪いてわずかに唇で小さな手に触れる。彼女は、自分の存在の最も深いところから湧き上がり、彼女の目に上り、頬を焼くものに驚く。何粒かの哀れな涙。泣くことなど決してない彼女が。（84）

モーリス・モキュエは、「事件を通して、テレーズは一瞬たりともどんな些細な愛着も自分の子供に対して表わしていない」[12]と書いているが、そのようなことはあり得ない。じじつ、ここでは、マリの「小さな手」に触れた肉体の感触が、テレーズから熱い涙を引き出している。「自分の存在の最も深いところ」とは、彼女の爬虫類の眠る部分に外ならず、無垢な肉体との接触によって、「怪物」が涙を流す印象さえここからは伝わってくる。そして嫌悪ばかりでなく、彼女の感動もまた何よりも「頬を焼く」肉体の感触となるのだ。

アンヌの中の異邦人

夫が「怪物」の顔を持つことを発見したテレーズに、結婚後も彼女の救いであり続けていたアンヌが「本当の顔」を曝してさらに追い討ちをかける。先ず、「テレーズの気に入らないものは、一行たりともなかった。」というアンヌからの最初の手紙に関して、「手紙は、我々の本当の感情よりも、喜びを持って読まれるために我々が感じなければならない感情の方をはるかに表わしているものだ。」（39）と書かれていることに目を留めておかねばならない。テレーズは、アンヌの無垢な肉体の感触を何よりも愛していた訳だが、アンヌの感情に関しては、真情を尊ぶことはなく、ひたすら彼女がおもねって語ってくれる偽りの感情に満足を見出していたのだ。明日も来るのかというテレーズの問いに対して、「えっ、嫌よ。毎日なんか。」（34）とかつての夏の日々のアンヌが率直に答えた時に、狼狽して「不安」に捕らわれたテレーズと、「喜びを持って読まれるために」書かれたアンヌの手紙を満足気に何度も読み返すテレーズとは、いかにも対照的である。既に拙論『秩序と冒険』の中で述べたように、「父親との関係で築かれた外面的な「秩序」への配慮は、彼女の弄する口先の批判によって揺らぐには、あまりに深く彼女の中に根を下ろしている」[13]のである。

そのために、ジャン・アゼヴェドへの愛を吐露するアンヌの言葉に接した時のテレーズの驚愕も、彼女の相貌を一変させる程に大きくなる。テレーズは「［アンヌの］心は乾いている」と決め付け、特に草稿においては、アンヌが自分に似て「他のみんなとは異なっていて」（955）性に淡白であると思い込んでいた。ところがアゼヴェドに対する愛を語った手紙からは、「所有された女性の、喜びでほとんど死にそうな肉体の、この長い幸福な溜め息」が洩れ伝わってくるのであり、アンヌに「狭量な頭のあの修道院の生徒」（40）しか見ようとしていなかったテレーズにとって、それは全く見覚えのない「異邦人」であったのだ。この家族の中に姿を現した「異邦人」が、ここでもテレーズの中の「異邦人」を覚醒させて、彼女を「異邦人的な名前のない人間」(41)へと変えてしまうのだ。

「喜びでほとんど死にそうな肉体」を持つアンヌの本当の姿を垣間見たテレーズの反応は、「いやいや、これらの火のような言葉を考え出したのは、あの愛しい小さなお馬鹿さんではない。」(40)とそれを否定することであり、それはテレーズの「本当の顔」を見た夫や故郷の人たちの反応と大して違わない。テレーズは、アンヌの「幸福」を破壊して「幸福が存在しない」(46)という認識をアンヌと共有するために行動を起こすのであり、自分がアンヌの内に見ていた乾いた心のイメージに再びアンヌを嵌め込もうとするのだ。テレーズにとってのアンヌは、無垢な子供か心の乾いた母親かのどちらかでなければならず、その中間の「幸福な肉体」を破壊し、抹消しようとするのである。

テレーズがアゼヴェドの胸にピンを刺す場面には、草稿でははっきりとこの「幸福な肉体」の破壊というニュアンスが与えられている。決定稿では、テレーズは写真にピンを刺す時に、「心臓の場所」(42)を探すのであり、テレーズがアゼヴェドの胸を見つめるのは、何よりも急所を突いて命を奪うためなのであるが、草稿1では、「この胸」は「無限の瞬間、アンヌが素手で焼き焦がしたこの左側」(953)となっていて、テレーズはそこにアンヌの愛撫の痕跡を探し求めていたのだ。それは、『宿命』のエリザベットが「ラガーヴの息子がそのために生きてそして死んだこの肉体を彼女は腕に抱いていた」（II, 202-203）という形で、ポールの体にボブの愛撫の跡を感じ取ろうとする場面と似ているが、背後に潜む欲望は、正反対なものとなっている。エリザベットが、自分の受けることのなかったボブの愛撫を悔んで、ポールの受けた愛撫を追体験しようとしているのに対し、テレーズは、愛撫するアンヌを否定するために、彼女の愛撫を受けたアゼヴェドの肉体を破壊しようとしているのだ。家族から姿を消しかねないアンヌの中の「異邦人」を殺して、テレーズは子供時代のアンヌと、母となるアンヌとを救出する。繰り返しになるが、アンヌが結婚を経ずにマリの代理の母親となることも、この文脈の中で読まれなければならないのである。

ジャン・アゼヴェドの肉体

アンヌの恋愛の相手としてテレーズの生活に入ってくるジャン・アゼヴェドは、典型的な外から来る「異邦人」である。以前からベルナールは、結核などの病気を持つユダヤ系の「このアゼヴェドの連中には、多大の軽蔑を感じていた。」（36）のだが、ジャンがアンヌによって結婚を熱望される相手となった時には、より明確に縁組の相手としては考えられない「異邦人」の刻印を彼らに押して、『醜い子』において決定的に一族全体を辱めることになる「先天的な異常のある家族 une famille de dégénérés」（44）という強い否定的な表現さえ用いている[14]。

このジャン・アゼヴェドとの最初の出会いにおいてテレーズの関心を引くのも、ジャンの「言葉」ではなく「肉体」である。ジャンの肉体が前面に出ることになったのは、草稿1から決定稿にかけて大きく変わった点ともなっている。というのも、草稿1においては、ジャン・アゼヴェドは、性的な関係を好まない点で、「他の誰とも違う存在である」（973）とされていて、そのことが同じく「他のみんなとは異なって」いたテレーズの強い共感を呼び覚ましていたからだ。言わば、性に関して「異邦人」である点で、二人は結ばれていたのである。「だけど女性というものは、ラ・トラーヴのお嬢さんのように純真な思春期の娘さんの外観をしていても、この［肉の］堕落を熱望するものであり、全力で我々をそこへ引きずり込むものなのです。」（971）と認めながら、その誘惑に屈しない「無垢を欲するあの強い気持ち」（971）を保持していたアゼヴェドは、『悪』のファビヤンがコロンブとの生活に夢みた「許された愛撫」を模索する青年となっていたのだ。

それに対して、決定稿におけるジャンの肉体の比重の増大をよく表わしていると思われるのが、テレーズが狩猟小屋に入ろうとした時に、そこから飛び出してきたジャンが中で何をしていたのかが、小さな謎となっている点である。草稿1ではテレーズが入ってきた時には、「神秘神学」(967) の本を読んでいて、神秘神学を勉強していることは人に知られたくなかったという明確な理由があったのだが、決定稿ではそれが削除されただけで、代わりの説明が与えられなかったために謎が残ることになったのだ。

決定稿において、飛び出してきたジャンを見た印象をテレーズは、「最初は逢引の邪魔をしたのだと思った。それほど彼の顔は狼狽を示していた。」(57) と回想し、小屋の中に誰もいなかったことと、誰かが裏から出て行った様子のないことに驚いたと付け加えている。そこから、この時のジャンの狼狽ぶりが女性との情事の最中に不意を突かれた男を思わせるものであったことが判明する。実際には女性の影はなかった訳だが、「どうしたら魅惑的な少女の魅力に屈しないでいられましょうか」(57) と語った後で、聞かれた訳でもないのにジャンは「あなたが僕の不意を突いた時に、ちょうど彼女［＝アンヌ］のことを考えていました。」(58) と語っており、頭の中でアンヌとの逢引を反芻していたことがわかる。のみならず、ファヤール版全集以降削除されたとはいえ、それ以前のオリジナルの『テレーズ・デスケルー』では、「どうして彼は私に、中で起こっていることが外から見えるのかと聞いたのだろう。」(974) という一文で、この出会いの回想は始まっていた。つまりこれらの点を総合してみると、アゼヴェドがアンヌのことを考えながら外から見られたくないことをしている最中にテレーズに不意を突かれて、逢引をしていたのと同じ狼狽振りを示した、という推論を組み立てることができるのである。

実際、神秘神学の勉強という「秘密」の削除とともに、ジャンの肉体にも大きく手が加えられている。草稿1では、「額はテレーズがそれまでに一度も見たことがなかったほどに無垢だった」(967)と性愛とは無縁の無垢に輝いていたアゼヴェドの肉体が、「それから、この年齢の男子で私の嫌悪を誘うもの。にきび、血の動いているしるしだ。膿を出すべてのもの。特に握手をする前に彼がハンカチで拭った湿った掌」(57)という形で、思春期の肉体から噴出する分泌物にまみれることになっている。テレーズと握手をする前に、彼が湿った手を拭わなければならなかったのも、人目を忍んで少女のことを考えながら彼のしていた仕草と関係があると読むことは許されるだろう。その残像は、この最初の出会いの回想の最後に想起される「汚い牛乳のような羊の群れ」(60)にまで浸透している。ジャンは羊の群れの音の聞えた時、外へ飛び出していったのであり、「汚い牛乳」はその時ジャンの体液にまみれた肉体と羊の群れとが接触したことの示唆となっているのではないだろうか。「汚い牛乳」の流れ出してくる「土手」はアンヌがパリのテレーズに送ってきたジャンの写真の中で、ジャンが「ダヴィデ」(42)のように立っていた場所でもあるのだ。

最初にテレーズの目を引き付けた思春期のジャンの肉体は、テレーズが饒舌に回想するジャンの言葉によって次第に後景に退きながらも、常に彼の言葉の背後に存在し続けている。たとえば、肉体から言葉へと比重の移る転換点に、「とがった歯を覗かせている、常に少し開いたこの大きな口が私は好きだった。暑がっている若い犬の口だ。」（57）という一文がある。饒舌に言葉を繰り出してくる「口」がテレーズの目を引いたことは不思議がないのだが、アンヌの歪めた口同様、アゼヴェドの「口」もまた何よりも純粋な肉体として見つめられていて、そこに「若い犬」という動物性を見ることも忘れられてはいないのである。

ジャン・アゼヴェドの言葉

アゼヴェドとの最初の出会いを回想する部分の後半からは、テレーズはジャン・アゼヴェドの言葉を中心に想起しているのだが、「精神生活」（60）が前面に出てくるのが、単純にテレーズの関心がジャンの肉体から精神に移行したためであると考えてはならない。第一に、決定稿において肉体の幸福と明確に結び付いたジャンが、テレーズには知的な側面だけを見せた理由としては、「少女の魅力に屈しないではいられない」年齢にあったジャンにとっても、草稿2に「もし私が妊娠していなかったら、彼は同じ話はしなかったことだろうと私は感じた。」（975）と書かれていたように、妊娠していたテレーズの肉体が性的な魅力と結び付き得なかったことが挙げられるだろう。決定稿においても、ジャンがパリに帰った後の部分に、「先ず、妊娠している女性は、決して美しい思い出とはならないものだ。」（66）と書かれている。テレーズの肉体がジャンを引き付けなかったために、不意を突かれて曝した失態を、知的な面をアピールしてカバーすることにジャンは専心することができた。最初の出会いの時からジャン・アゼヴェド自身が「あなたの評判は聞いていています。あなたにはこうしたことを語ることができるし、あなたがここの人たちに似ていないこともわかっています。」（58）と語り、田舎のブルジョワ社会の中で、テレーズだけが「誠実さに対する飢えと渇き」（62）を失わずにいる「異邦人」として、「精神生活」においてジャンと同質の人間であるという連帯感のようなものを作り上げていくのも、そのためだと思われるのだ。

第二に、回想するテレーズがジャン・アゼヴェドの言葉に比重を移すのも、家族とは意思疎通を図る「共通の語彙」（68）さえも持たなかったと感じていたテレーズにとってジャンが初めて出会った話のできる相手となったためばかりではないだろう。見落としてはならないのは、テレーズの一人称でなされるアゼヴェドに関する回想全体が、そもそも「きっと私が彼［＝アゼヴェド］のことを熱烈に好きになったと思うに決まっている。」（54）

ベルナールの誤解を解く目的で行われていることである。最初の出会いの回想の後半で、テレーズがアゼヴェドの肉体を注視するところを読んでみよう。

ジャン・アゼヴェドは帽子を被らずに歩いていた。子供のような胸のはだけたシャツ、あまりにずんぐりとした首が目に浮かんでくる。私は肉体的な魅力を感じていたのか。いいや、違う。彼は何よりも精神生活を重視する、私の出会った最初の男だった。(60)

回想するテレーズの目に浮かんでくる「子供のような」はだけた胸から、既にアンヌの愛撫という観点から考察したようにテレーズが強い印象を受けていることは明らかなのだが、「肉体的な魅力」を感じていたという誤解を助長しかねないことに慌てて、テレーズはなぜ「子供のような」胸を見つめたのかは分析せずに、話を転換して強引に「精神生活」を前面に押し出すのだ。その少し前に、「どんなに思い出を遡ってみても、無垢だった記憶はないのだ。」と、ジャン・アゼヴェドは性に関して「羞恥心の欠如」(59)した告白をしており、テレーズが「子供のような」肉体に着眼したのは、ジャンの内に残っている無垢を無意識の内に探し求めているとも考えられるのだが、テレーズの念頭には常に聴き手としてのベルナールが存在していて、回想の逸脱を許さないのだ。アゼヴェドの「羞恥心の欠如」を回想した時にも、すぐにテレーズはベルナールの「田舎特有の口の重さ」を対置し、「彼［＝ベルナール］を思い浮かべなければならない時に私が満足している戯画をはるかに超えたものが、彼の中にはあるのではないか。」（59）と唐突に夫を評価している。「肉体」、「性」が遡上に載せられる度に、聞き手としてのベルナールがテレーズの意識に浮上してきて、検閲を行い、彼女を弁解へと連れ戻すのである。

「精神生活」に力点を置く必要から、テレーズはそれ以降のジャンとの散歩の回想においては、専らジャン・アゼヴェドの言葉を詳細に思い返していく。だが、それは今でも目に浮かんでくる子供の胸とは逆に、「今ならそんなごった煮の話は吐き出したことだろうと思う」（59）と、回想する時点ではテレーズ自身が大した価値を認めない言葉であり、「こうした言葉を正確にベルナールに報告すべきだろうか。」（62）とベルナールに伝える意味に関してもテレーズ自身が疑問を禁じ得ない言葉となっている。実際にテレーズがジャン・アゼヴェドの影響を強く受け始めるのは、彼がパリに帰った後なのであり、アゼヴェドがヴィルメジャに滞在している間は、彼の語った言葉よりも、近隣に彼の肉体の存在することの方が、テレーズにとっては重要な意味を持っていたのだ。ジャンが去った後に、傍らに眠る夫をテレーズが注視する場面を見てみよう。

時折、彼［＝ベルナール］は鼾をかいた。だがまた、しばしば彼の息をするのさえ聞こえないこともあった。［…］そして、静かだった。アルジュルーズの静寂！［…］私がこの静寂を知ったのは、とりわけアゼヴェドの出発した後だった。日が昇ってジャンが再び姿を見せるとわかっていた間は、彼の存在が外の闇を無害なものにしていた。近隣の彼の眠りが、ランドと夜とを満たしていた。彼がアルジュルーズにいなくなってから、［…］私が彼を離れてから、私は無限のトンネルに入り込み、絶えず増大していく闇の中に沈み込んでいく気がしたのだ。そして時折、私は窒息する前にともかくも自由な空気に到達するだろうかと考えた。（63）

寝息の聞こえない死に似た眠りを眠る夫の傍らで、静寂に取り囲まれ、既にトンネルの中にあるテレーズの姿は、毒殺の最終段階にいたテレーズを髣髴させずにはいない。ジャンの饒舌は黙した時にテレーズの日常を静寂で包み、「無限のトンネル」とすることで、言葉の意味したこと以上に、テレーズに夫との日常を耐え難いものと感じさせる力を持つのである。

さらにこの引用部分で気を付けなければならないのは、ジャンの眠りとベルナールの眠りとの際立った対照である。傍らに眠るベルナールの肉体は、既に見たように自已満足の具現であり、アンヌやアゼヴェドの肉体とは違って、黙って身を寄せることを可能にするものではなく、静寂を作り出すものでもなく、いわんや静寂を和らげる力を持つものでさえない。肉体の発する鼾や食物を反芻する音によって、ひたすらテレーズを圧迫する肉体の存在を誇示するベルナールは、モキュエの言うように、この時、「もはや肉体としての存在しかもたない」[15]のだ。不在となったジャンの肉体が、現前するベルナールの肉体を徹底して標的に仕立て上げるのである。

モキュエは、ジャンの肉体ではなく、テレーズがジャンと過した「知的な修行期間」[16]という精神的な部分をベルナールの肉体と対置して考えているが、テレーズにとってジャンの「言葉」よりも「肉体」が重要であったことは、最初の出会いでジャン・アゼヴェドと狩猟小屋にいる時にテレーズの望むことからも既に窺うことができる。「ここの人たちとは違う」と持ち上げられたテレーズは、アゼヴェドが提示する「各瞬間がその喜びをもたらす」という生き方に引かれ、「既に私もまた、一瞬一瞬が私に生きて行くのに必要なものをもたらしてくれることを要求し、願うようになっていた。」（58-59）と考える。その時に彼女が願ったのが、まさに「寄り添ったこの沈黙、この共犯」（58）、つまりは何もしゃべらずに羊の群れが通り過ぎるまでジャンに身を寄せてじっとしていることだったのであり、彼の言葉を聞くことではなかったのである。それは、明らかにアンヌとの時間に通じるテレーズの姿勢であり、その延長線上に、両腕を広げて迎えてくれたらとテレーズの願った夫の姿もあるのだ。

小屋を出て、アルジュルーズに近いライ麦畑を歩く二人の姿が象徴的である。

草を焼く煙が、ライ麦の収穫の終ったこの貧しい土地のすれすれのところにたなびいていた。土手の切れ目から羊の群れが汚れた牛乳のように流れてきて、砂を食んでいるように見えた。［…］だが、私たちは互いに言うことがもう何も見出せなかった。ライ麦の切り株が、サンダルを通して痛かった。［…］彼は上の空で話して私のしたある質問に答えないで身を屈めた。子供の仕草で、彼は私にセップを一つみせ、鼻や唇に近づけた。（60）

「汚れた牛乳」がジャンの肉体と結び付くことには既に触れたが、さらにここで注目してみたいのは、羊たちに関して「砂を食む brouter le sable」という表現の用いられていることである。パリでアンヌから送られてきたアゼヴェドの写真を見ながら「後ろに、雌羊たちが牧草を食むランドがあった。」（42）とテレーズは考えており、その時には「牧草を食む

pacager」という一般的な言葉が使われていたのだが、それが不毛さを示す表現に置き換えられているのだ。そこには、ジャンの「精神生活」の言葉を聞くテレーズの心境が反映しているのであり、アンヌと見た雲のように、テレーズの内面に応じて背景の羊の食生活も変容するのである。

ジャンとテレーズの対照は、アゼヴェドがセップの生えていることに気がつく程に足元をよく見ていたのに対し、テレーズが切り株を踏んで痛い思いをしている点において際立っている。この時、二人はほとんど話をしていないのであり、テレーズは、この時も、言葉ではなく、傍らにいるジャンの肉体を感じ取ることに、足元が疎かになる程に神経を集中していたと考えられるのだ。最初の出会いに続く、アンヌへの手紙を書いた散歩においても、無邪気にアンヌを傷つける文句を選ぶアゼヴェドをテレーズは何も言わずにそのままにさせている。そこからも、ジャンの言葉に積極的に干渉しようとはせずに、ただ話すジャンを注視するだけのテレーズの姿を確認することができるのである。

主任司祭の言葉と肉体

ジャン・アゼヴェドが去り、「無限のトンネル」の中を生きているテレーズの関心は、サン＝クレールの主任司祭へと向う。そのきっかけは「ジャン・アゼヴェドのいくつかの言葉」であり、「彼のことを誇り高いと見る教区の人たちとコミュニケーションがなく」（67）、事件の前後に彼に関心を示したテレーズに対しても全く働きかけてこないという意味で、この司祭は、ジャンの称揚する「神を見つけ、見つけてからはその軌道に留まる」（59）生き方を体現していると言えるだろう。

この自分の「軌道に留まる」主任司祭が、特に教区の人たちにとって「異邦人」となる。たとえば、テレーズが最初に司祭に関して思い出すのは、「どうして彼は日中に四度広場を横切って、その度に違った道から帰ってこなければならなかったのか。」（67）という周囲の人たちの抱いていた疑問である。この疑問に作中で答えの与えられることはない。ただそこから、教区民たちのよく知っている土地が司祭の目には彼らとは異なる秩序を持っていたということ、日常の陳腐な空間を新鮮な「異邦人」の目で見て徒行していたということは、確かに伝わってくる。「いつも本に鼻を突っ込んでいる」だけで子供たちのサッカーの引率など地域の活動を手伝うこともなく、「ここで必要なタイプではない。」と断罪される孤立した司祭は、サン＝クレールの秩序からはみだした独自の軌道を持つ「異邦人」であったのだ。

テレーズは、この主任司祭に注目して、「他の人たちとは違う」（68）と考えている。草稿1においてテレーズ自身やジャン・アゼヴェドがそうであったように、モーリヤックの小説世界で「他の人たちとは違う」というのは、何よりも性的な事柄に嫌悪感を抱いているという意味であり、この点において、草稿から決定稿に至る過程で性愛を付与されてテレーズの同類であることを止めてしまったジャン・アゼヴェドに代わって、性愛とは無縁の司祭がテレーズを理解し得る人間として浮上してくるのだと考えられるだろう。実際、「彼［＝主任司祭］の話を耳にするためにしばしば教会を訪れた」（68）テレーズの関心は、次のように言い表されている。

教義や道徳に関する主任司祭の説教には、個性がなかった。だがテレーズはふとした声の抑揚や一つの仕草に興味を引かれた。ある単語が時折他のものよりも重く思われた。（68）

テレーズはここでも話の内容に興味を示すのではなく、専ら説教の肉体的な部分に注意を払っている。つまり、言葉の意味ではなく、音としての声と、それに伴う仕草がテレーズにとって重要となっているのである。おそらく「他の人たちとは違う」刻印をテレーズは、肉体的な要素の中に探し求めているのだ。

テレーズの興味は、「ミサ手伝いの子供以外には誰も証人のいない時に一片のパンの上に屈みこんで彼が言葉を呟いている、平日のミサにできれば出席してみたかった。」（68）と考えるまでに高まる。それにもかかわらず「そうした行動は家族や他の人たちに奇妙に見えたことだろうし、回心したのだと叫び立てられたことだろう」（68）という理由で、家族や周囲の目を気にしてテレーズは平日のミサの出席に踏み切ることができない。ヴェロニック・アングラールが、「個人は他人が自分について抱くイメージに囚われたままなのだ」[17]と書いているが、世間体を気にするテレーズは、信仰がないという自分に貼られたレッテルに縛られて、轍を外れることができないのだ。「異邦人」と接する度に、家族の秩序へと逃避するテレーズの姿が再度浮き彫りとなるのである。

それにもかかわらず、テレーズは自宅の窓から垣間見ただけの聖体祭の日の主任司祭の姿に特に強い印象を受けている。その時の司祭の様子は、「テレーズは主任司祭をじっと見た。彼はほとんど目を閉じて前に進み、両手であの奇妙な物を持っていた。彼の唇が動いていた。あの辛そうな様子で誰に話しているのか。」（70）と思い出されているのだが、回想を終えてアルジュルーズに帰還し、ベルナールの無理解な態度を目の当たりにして自殺を考えたテレーズが「もしあの存在が存在するならば」と洩らした時に、この聖体祭の日の主任司祭の姿が脳裡に蘇ってくるのである。「そして、わずかの瞬間ではあったが、打ちひしがれるような聖体祭の日、金の法衣の下に押し潰されていた孤独な男が再び彼女の目に浮かんでくる。そして彼が両手で運んでいるあの物、そして動いているあの唇、そしてあの辛そうな様子。」(84)と書かれている。見落としてはならないのは、罪を経て死と向き合った時、「あの奇妙な物」からさりげなく「奇妙な」という形容詞が剥がれ落ちて、テレーズの抱いていた「あの物」に対する違和感の減じたことを読者に伝えている点である。この時、主任司祭の「異邦人」の度合いは最小となり、テレーズと司祭との距離は最も縮まったと考えられるのである。

最後に主任司祭が描かれるのは、この時のテレーズの呼びかけに答えるかのように、自らの死によってテレーズを救ったクララ伯母の葬儀においてである。

四方を囲まれていた。背後には参列者たち、右にベルナール、左にラ・トラーヴ夫人。そして闇から出て行く闘牛にとっての闘技場のように、これだけが彼女に対して開かれていた。この空っぽの空間。そこでは二人の子供に挟まれて変装した男がささやき、両腕を少し広げて立っていた。(85)

司祭が最後に「両腕を少し広げて立」つ仕草に行き着いているところが重要である。それは免訴を得て帰還した自分を「それでも何も訊かずに彼が両腕を広げてくれたなら。」とベルナールに対して望んだ仕草と同じであり、テレーズの望みはアンヌとの幸福な日々を原体験として、またしてもそこに行き着くのである。言葉ではなく、抱擁の暖かさなのだ。

だが、ここでも家族的配慮に妨げられてテレーズがその両腕の方に歩み出ることはない。事件の影響から、散歩の途上で人の来る音がしただけで脇道に逃げ込むまでになったテレーズは、「日曜日のサン＝クレールのミサでは彼女はこうした恐怖を感じることなく、いくぶんか寛いだ気持ちになった。」（87）とあるように、ミサに自分の居場所を見出していたのだが、ベルナールがミサにもう行かなくてよいと彼女に申し渡すと、「そこに行くのは全く嫌ではない」（88）と口ごもることしかできない。「口を開いて何かを言おうとしたが、黙ったままだった。」とあるように、「彼女の気晴らしが大事なのではない」（88）というベルナールの言い分を黙って受け入れるだけなのだ。家族の秩序の刻印を押されたテレーズにとっても、好意的な近隣の雰囲気を損なわないことこそが大事だったのであり、教会に行く意味について、彼女がそれ以上内省することもないのだ。「内部からの告発」を一つのテーマとして『テレーズ・デスケルー』の草稿を中心に論じたジャック・ボヴェールとアンヌ・デボは、「自分の傍らにいる人たちを、彼らの満足している社会や感情にかかわる儀礼とは別の豊かさへと導くこと」[18]をテレーズの使命と考えているが、要所におけるテレーズは、むしろ逆に不甲斐ない程に、体裁を重視する家族の方針に迎合した振る舞いを見せるのである。

子供、母性ともうひとりのテレーズ

ミサという行先を奪われたテレーズは、やがて部屋から出ることもなくなり、ベッドに寝た切りになったまま、パリでの生活を夢想する。夢想されたジャン・アゼヴィドのサークルの中では、テレーズは自分を語ることができるのみならず、理解され共感を呼ぶことさえできる。「今日の一女性の日記」（89）の出版を思い描くテレーズは、現代の女性の一つの類型となっていて、外面的にはもはや「異邦人」ではない。

だがその一方で、依然として彼女の中には言葉で表現することのできない「彼女の生活の中のある存在」（89）が君臨していて、それを中心に彼女の生活は回っている。のみならず、彼女にとって不可欠で、サークルの誰にも知られていない「この太陽」は、「彼女の肉体だけがその暖かさを知っている」（89）存在であり、ここでも肉体の感じ取る暖かさが重要なポイントとなっている。その存在を抱き締めようとして「左手の指が右肩に食い込」（89）んで、彼女が自分の体を傷つけるところは、明らかにその「存在」を肉体の感触によってテレーズが確かめていることを示している。

無限に降り続くかのような雨を見て、「家族なしになること」(89)、「血によってではなく、精神そしてまた肉体によって自分の身内を選ぶこと」(90)を考えた時、テレーズはその決意を忘れないためであるかのように窓を開けたまま眠り込み、再び目を覚ました時には肉体が麻痺して、窓まで歩いていく力ばかりか、毛布を引き上げる力さえ失っている。実際の彼女の体が衰弱する一方で、彼女の夢想は、かつて「偶発的な出会いや夜の偶然によって自分の無垢な体の接近した、忘れていた顔や、遠くから好意を抱いていた口、ぼんやりと覚えている体」(90)を記憶の中から選び出して、幸福を組み立てようとする。重要なのは、ここで「自分の無垢な体」と言われていることであり、そこから彼女が結婚で汚れた体を痛めつけて、それ以前の無垢な体に戻ることを暗に夢想していることが見えてくる。その時に夢想される肉体は、「口」「顔」などの細部に分断されており、しかもムーナンも言うように、「愛する相手の性への言及は全て[19]」削除されている。だが、そこから感じ取るべきなのは同性愛ではなく、文字通りに性のない中性的な肉体の想像されていることなのだ。テレーズが許容できる肉体は、アンヌにおいてそうであったように、性愛を離れた無垢な子供か母性かに限られているのである。

子供と母性は、この寝た切りになったテレーズの夢想の鍵ともなっている。現実においては、結婚前から彼女には子供が寄ってこなかったのだが、夢想の中では彼女に挨拶をしなかった子供が自分の所に運ばれてきて、テレーズはそれを救う聖女のような存在となっている。母性に関しては、テレーズの奪われている愛に関して、「離乳させられた」という意味を含んだ「奪われた sevré」という語が使われていることを手がかりにそこに母性愛の可能性の読み取れることを既に拙稿『秩序と冒険』の中で考えたが[20]、その時触れなかった細部として大事なのは、バリオンの女房が掃除に入ってきてテレーズが夢想から我に返った時には、「彼女の骸骨のような脚」のために、「彼女の足が巨大に見えた」(91)となっていることである。およそ二十五年の歳月を経て、同じ足が、「彼［＝ギョーム］の脚は、二本の葡萄の若枝で、その先は巨大な靴となっていた。」(IV, 370)という形で、『醜い子』の母の愛を奪われた息子ギョームに与えられ、無垢な子供を死へと運ぶことになるのであり、このアンバランスな足の形にモーリヤック世界における母性の欠如のひとつのしるしを読み取ることは許されるであろう。

だが、テレーズ自身は、罪に堕する危険を秘めながらも、この子供の無垢と母性愛とに救いの可能性を求めている彼女の中の「異邦人」を、遂に最後まで理解することができない。最後にパリでようやくベルナールが質問をしてきた時に、テレーズは、夫に危害を及ぼした自分の中の「異邦人」を「もうひとりの自分」と命名して説明を試みるのだが、べルナールが「もうひとりの自分って何だ?」と問い直してくると、「彼女には何を答えていいかわからなかった」(104)。つまり、「告解の準備」の失敗以降も、「もうひとりの自分」はテレーズ自身にとっても捕捉することのできない「異邦人」であり続けていたのだ。彼女自身が、「告解の準備」を思い立った時に、「欲望や決意、予期し難い行為のこの混沌とした連鎖を捉えるのに、言葉で十分なのだろうか。」(26)と予感していたのだが、ジャン・アゼヴェドという外から来た「異邦人」に対した時に、「私たちの家族の議論でいつも言われている文句」(59)を繰り返すことしかできなかったように、テレーズの困難は、「もうひとりの自分」という、「家族」の常識からはみ出した部分を理解しなければならない時にも、家族の狭い世界で流通していた言葉に頼る外なかったところから来ているのである。

そもそも「告解の準備」という発想が、かつて耳にした「あなたには、告白の後、許しの後の解放感が想像できないのよ。掃き清められて、新たに生活をやり直すことができるのよ。」(26)というアンヌの言葉から生まれていることを忘れてはなるまい。「分別があって嘲弄癖のあった」学校時代のテレーズは、アンヌを「徳と無知を混同する」少女たちのひとりと見なし、「あなたはね、人生を知らないのよ。」(29)と繰り返すなど、あからさまにアンヌを見下していたのであり、その時分のアンヌの言い分を認めて「告解」に取り組むテレーズの態度からは、一段低いところにいるアンヌの習慣に頼って、容易に家族の理解を得ようとする迎合する姿勢が垣間見えてくるのである。

もちろん、「告解の準備」に宗教的な意味のあることは明らかなのであるが、少なくともテレーズ自身の意識はそこまで及んではいない。表面的には、「告解の準備」とは、彼女が「嘲弄」の対象としていた家族の習慣の一つに自分を嵌め込むことであり、そのことで再び家族の中で自分が生きていくことを可能にすることなのだ。「告解」が、家族の規範を外れた自分の中の「異邦人」を明るみに出すことを目的としているにもかかわらず、それに取り組むテレーズは、専ら「異邦人」に背を向けて家族の言葉に頼って家族の中に避難することを願っているのであり、そこに「告解の準備」においてテレーズが「もうひとりの自分」を捕捉することのできない構造的な要因があったと考えられるのである。知性を謳われたはずのテレーズの言葉は徹底して無力であったのだ。

パリに取り残されたテレーズは、いよいよ、その彼女の言葉で捉えることのできない「もうひとりの自分」という「異邦人」を現実に肉体によって生きなければならない。彼女が先ず決めるのは饒舌なジャン・アゼヴェドに会いに行くことを先延ばしにすることである。というのも、テレーズには、自分の求めている存在が、「ほとんど言葉を求めてこないだろう」(106)ことが分かっているのだ。アルジュルーズでの夢想の名残りである「触まれたような顔」に取り敢えず「微笑」という仮面を被せたテレーズは、何よりも「自分の肉体の周囲に暗いうごめき、渦」を感じ取り、「血と肉の存在」（106）だけに関心を抱いて、パリという「異邦」を歩き始めるのである。

(注)

1　モーリヤックの作品からの引用は原則として次の四巻のプレイヤッド版により、引用の後に、括弧でくくって、巻数とページ数とを記すことにする。
Œuvres romanesques et théâtrales complètes, Gallimard, « Bibliothèque de la Pléiade », tome I-IV, 1978-1985.
ただし、『テレーズ・デスケルー』（プレイヤッド版第Ⅱ巻）からの引用に関しては、頁数のみを示す。

2　草稿では、「下劣な言葉」が何なのかまでは明示されていないものの、ダニエルは「すばやく下劣な言葉をひとつ投げつけた。」(I, 1202)と、実際にそれを口にしているのであり、モーリヤックが最終的には、「下劣な言葉」がダニエルの脳裏をよぎるだけに留めることを選んだことがわかる。決定稿の語り手が「どんな手が、彼の喉を締め付けて、彼の意に反して下劣な言葉を押し殺してしまったのか。」(I, 540)という疑問を投げかけているが、下劣な言葉を押し殺したのは、もともとは作者の検閲に外ならなかったのである。

3　『鎖につながれた子供』における二人の女性の関係については、次の拙論を参照のこと。
「読書する「二人の若い女性」―『鎖につながれた子供』におけるモーリヤックの主人公の原体験―」、『lilia candida』、白百合女子大学フランス語フランス文学会、第三二号、二〇〇二年、一七―三八頁。

4 拙論「子供を賛美するモーリヤック―小説作品における無垢への曖昧な視線」、白百合女子大学キリスト教文化研究所編『賛美に生きる人間』、教友社、二〇〇八年、一九七-二一八頁。特に二一二-二一三頁を参照のこと。

5 拙論「父性の「秩序」、母性の「冒険」―フランソワ・モーリヤック『テレーズ・デスケルー』に関する一考察」、山辺雅彦ほか『秩序と冒険―スタンダール、プルースト、モーリヤック、トゥルニエ―』、Hon's ペンギン、二〇〇七年、六一-九八頁。特に、七六-七八頁を参照のこと。

6 Jean Touzot, « Préface » à Mauriac, *Thérèse Desqueyroux*, « Le Livre de poche », Librairie Générale Française, 1989, pp.11-12.

7 Jean-Luc Barré, *François Mauriac Biographie intime* ＊ 1885-1940, Fayard, 2009, p.401.

8 前掲書、八〇-八五頁。

9 同書、八九-九〇頁。

10 Georges Mounin, « Structure, fonction, pertinence À propos de *Thérèse Desqueyroux* » in *La Linguistique*, volume 10 fascicule 1, Presses Universitaires de France, 1974, p.26.

11 このテーマに関しては、次の拙論を参照のこと。「「許された愛撫」の探求―フランソワ・モーリヤックの小説『悪』について―」、『lilia candida』、白百合女子大学フランス語フランス文学会、第三一号、二〇〇一年、一-二〇頁。

12 Maurice Maucuer, *Thérèse Desqueyroux Mauriac*, « Profil littérature », Hatier, 1987, p.51.

13 前掲書、七〇頁。

14 『醜い子』では、ポールがギョームに関して「先天的な異常のある子 un petit dégénéré」(IV, 368) という言葉を使ったことが、父親と息子の死の引き金となっている。

15 Maucuer, *op.cit.*, p.44.

16　*Ibid.*

17　Véronique Anglard, *François Mauriac* Thérèse Desqueyroux, « Études littéraires », Presses Universitaires de France, 1992, p.37.

18　Jacques Beauverd et Anne Desbost, « Thérèse interrompue » in *Cahiers de textologie* 1, Minard, 1986, p.53.

19　Mounin, *op.cit.*, p.28.

20　前掲書、八六–八七頁。

〈著者略歴〉

山辺　雅彦（やまべ　まさひこ）

白百合女子大学教授。文学修士（東京大学）。編著『文学とキリスト教』（青轄社）、共著『文学と音楽』（教友社）。訳書にスタンダール『ロッシーニ伝』（みすず書房）、同『ある旅行者の手記』上下（新評論）、同『南仏旅日記』（新評論）など。

酒井　三喜（さかい　さんき）

白百合女子大学教授。文学修士（東京大学）。マルセル・プルースト、文学と視覚芸術、文学と舞台芸術などを中心に研究。主な著書（共著）に、『文学と音楽』（教文社）、『秩序と冒険』（Hon's ペンギン）。また、インターネット上で18世紀古典喜劇翻訳を展開（http://www012.so-net.ne.jp/sankis-es/）。

福田　耕介（ふくだ　こうすけ）

白百合女子大学教授。文学博士（ボルドー第三大学）。主な著書（共著）に、『人間観の研究』（金星堂）、『遠藤周作　挑発する作家』（至文堂）。

スタンダール、ロチ、モーリヤック
――異邦人の諸相

©2010年3月31日　初版発行

検印省略

著　者　山辺 雅彦　酒井 三喜　福田 耕介

発行者　原　雅久

発行所　朝日出版社

〒101-0065 東京都千代田区西神田3-3-5
TEL (03)3263-3321（代表） FAX (03)5226-9599

乱丁，落丁本はお取り替えいたします
ISBN978-4-255-00521-8 C0097 *Printed in Japan*